UM BOM RAPAZ

JAVIER GUTIÉRREZ

UM BOM RAPAZ

Tradução
Marcelo Barbão

1ª edição
Rio de Janeiro-RJ / Campinas-SP, 2014

Editora: Raïssa Castro
Coordenadora editorial: Ana Paula Gomes
Copidesque: Anna Carolina G. de Souza
Revisão: Raquel de Sena Rodrigues Tersi
Capa e projeto gráfico: André S. Tavares da Silva
Foto da capa: Michael Trevillion/Trevillion Images

Título original: *Un buen chico*

ISBN: 978-85-7686-291-8

Copyright © Javier Gutiérrez, 2012
Todos os direitos reservados.
Edição publicada mediante acordo com Javier Gutiérrez c/o MB Agencia Literaria S.L.

Tradução © Verus Editora, 2014
Direitos reservados em língua portuguesa, no Brasil, por Verus Editora. Nenhuma parte desta obra pode ser reproduzida ou transmitida por qualquer forma e/ou quaisquer meios (eletrônico ou mecânico, incluindo fotocópia e gravação) ou arquivada em qualquer sistema ou banco de dados sem permissão escrita da editora.

Verus Editora Ltda.
Rua Benedicto Aristides Ribeiro, 41, Jd. Santa Genebra II, Campinas/SP, 13084-753
Fone/Fax: (19) 3249-0001 | www.veruseditora.com.br

CIP-BRASIL. CATALOGAÇÃO NA FONTE
SINDICATO NACIONAL DOS EDITORES DE LIVROS, RJ

G992u

Gutiérrez, Javier, 1974-
    Um bom rapaz / Javier Gutiérrez ; tradução Marcelo Barbão. - 1. ed. - Campinas, SP : Verus, 2014.
    23 cm.

Tradução de: Un buen chico
ISBN 978-85-7686-291-8

1. Romance espanhol. I. Barbão, Marcelo. II. Título.

13-05998
                                            CDD: 863
                                            CDU: 821.134.2-3

Revisado conforme o novo acordo ortográfico

Para minhas imprescindíveis
Pilar Salas e María Lapor

Da porta de La Crónica, Santiago contempla a
Avenida Tacna, sem amor.

— Mario Vargas Llosa,
Conversa na catedral

SUMÁRIO

CD UM MAXINQUAYE 9

CD DOIS RITUAL DE LO HABITUAL 43

CD TRÊS SURFER ROSA 71

CD QUATRO ELECTR-O-PURA 95

CD CINCO NEVERMIND 125

CD UM
MAXINQUAYE

MAXINQUAYE, TRICKY
(1995, Island Records)

Maxinquaye é o primeiro álbum de estúdio de Tricky, produtor e cantor de rap de Bristol, Reino Unido, lançado em 1995 com a colaboração do Massive Attack e da então namorada do cantor, Martina Topley-Bird, como vocalista. O álbum é uma combinação de hip-hop, soul, dub, rock e música eletrônica.

O nome do disco é uma homenagem à mãe falecida de Tricky, Maxine Quaye, cantora de reggae e soul e meia-irmã do jazzista Finley Quaye.

1

Com o tempo a gente se esquece das caras, você diz a si mesmo. Dos nomes, das razões. A gente se esquece dos motivos. Com o tempo, você diz, a gente perde os detalhes, os descarta. Você caminha entre as pessoas pelo Fuencarral, cada vez mais devagar. A gente esquece o quê, o quando, o com quem. Você avança à deriva, como se estivesse pirado, por que desviou o olhar, pra quê tanto medo. Se é só uma velha amiga. O passado, você diz a si mesmo.

A gente acaba confundindo as caras, trocando os nomes. Nada resiste a dez anos de esquecimento. Nada resiste, você diz, à passagem do tempo. Andando na direção dela, porém no sentido contrário. O tempo, tanto tempo, você pensa. No entanto, se você a reconheceu, por que ela não se lembraria de você. Dez anos se passaram, não um bilhão. Na verdade, se passaram mais de dez anos desde a última vez que os viu, você diz, e, sim, parecem um bilhão, mas não, não há dúvida, nem uma hesitação. Era Blanca, você tem certeza. Faz tempo que anoiteceu e está frio. Os letreiros luminosos, a claridade amarelada do interior dos barzinhos, as vitrines brancas das sapatarias. Mas por que desviar o olhar. As pessoas andam depressa ao seu redor, voltando para casa, sem ver, pensando nos próprios assuntos, isoladas pelos fones de ouvido brancos, um filme futurista. De onde vem isso de que nada tolera dez anos de esquecimento. E por que fugir de Blanca. Dez anos de esquecimento, que esquecimento. Era isso que queria, Polo? Esquecer. Esquecer tudo, enterrar. Você desacelera tanto cada passo que acaba parando no meio da calçada, cabisbaixo, pensativo. Alto e vacilante como uma torre prestes a desabar, com os cabelos bagunçados e as mãos enfiadas nos bolsos laterais do casaco. De onde vem essa estupidez, Polo. Não se passaram bilhões de anos, apenas dez. Você a reconheceu imediatamente. Você a achou mais velha, mais madura, mais mulher, mais feia. Estava bonita, na verdade. Agora seus cabelos são mais bem cuidados que antes, na altura dos ombros, não está tão magra como era, já não parece um menino de costas de tão magra, não achou a expressão dela mais doce? Só a viu por um segundo, uma visão fugaz, de lado, mas sem dúvida, Polo, sem dúvida era ela. As pessoas se veem obrigadas a desviar de você parado aí como está, no meio da rua, indeciso. Como uma curva humana. Ligado, ardendo em conjecturas, incandescente. Um impulso, você se vira, acelera o passo no sentido contrário, procura entre as nucas que sobem e descem a cada passo. É um impulso. Não pode estar muito longe, você diz a si mesmo, faz só um instante que se cruzaram. Reconhece que foi você o primeiro a desviar o olhar, por que tanto medo, Polo, é apenas Blanca, uma velha amiga. E ela, o que podia fazer depois de vê-lo virar a cabeça. Como você queria que ela reagisse. Se o viu desviar o olhar, se fazer de louco, ignorar o passado como o filtro de um cigarro, o que ela podia fazer senão seguir adiante. No fundo, mais distante do que esperava, você vê seu casaco vermelho. Ainda bem que ela está usando um casaco vermelho, você diz a si mesmo. Vê sua nuca, a cabeleira escura, muito lisa, sair por baixo do gorro de lã branco. Seus pensamentos escurecem, você enrijece a mandíbula. É evidente que Blanca não o reconheceu, ela o cumprimentaria, não é como você, ela pararia, o cumprimentaria e lhe daria um abraço. Mas você, no entanto. Por que afastar o olhar, Polo, subjugado ao medo, por que tanto medo, se ela nunca soube, nunca suspeitou. Você anda rápido, desvia das pessoas que param para olhar as vitrines, que entram e saem das lojas. O cheiro adocicado da glicerina ao passar pela loja de sabonetes. Anda o mais rápido que pode, embora sem correr. Sem correr porque o que você vai fazer quando alcançá-la, Polo, o que se diz a alguém depois de tanto tempo. O que se diz a alguém com quem compartilhou tantas coisas faz tanto tempo. Você a avista ao fundo, o casaco vermelho.

Vai, vamos lá, você diz a si mesmo, seja natural.

Trata de se convencer. Diz vai, aproxime-se, pegue-a pelo braço e simplesmente diga e aí, Blanca, não cumprimenta mais os amigos. Não, quem você quer enganar, você não é assim, Polo. Siga-a para ver aonde ela vai, sim, você é desses, de seguir as pessoas, de espiar. De ver aonde ela vai, de ver com quem ficou. De unir os fios na sombra, de tirar conclusões a partir de uma palavra ouvida, caçada ao acaso, de inferir teorias por meio de uma troca de olhares ou de um silêncio muito prolongado. Um dissimulado, isso é o que você é, Polo, um predador. Que tonto que ficou, Polo, de repente. Vai, seja o que for, aproxime-se e diga como vai, Blanca, diga há quanto tempo, cara, deve ter mais de dez anos que a gente não se vê. Não, você não está confiante, talvez no fim das contas você não se aproxime nem a pegue pelo braço. Você, Polo, sempre na expectativa, mais de olhar pela fechadura. Sim, um covarde, Polo. Isso é o que você sempre foi. Chino não era um covarde, Chino era o cara, mas quem se importa, é como se Chino estivesse morto, incinerado em sua memória, ficou com quatro lembranças dele como as quatro Polaroids que se guardam de um amigo morto. Boa sorte para ele, você diz, tomara que seja feliz, para você é como se estivesse morto. Dá na mesma, morto, quatro Polaroids no fundo de uma gaveta. E pra que trazer o Chino aqui agora. Ai, que babaca que ficou de repente, é essa maldita melancolia, você diz, tanta tristeza o está deixando sem forças de repente, como se apanhasse muito, como se chovesse muito forte e tivesse de correr para se refugiar, faz um tempo que não para de se lembrar deles. De Chino, de Blanca, diz a si mesmo. Desde que encontrou Nacho há alguns meses, sozinho, velho, apoiado no balcão de trás do Sol, esse tempo todo tentando esquecer, negando tudo. Desde que começou a namorar Gabi. Como se ela pudesse salvá-lo de seu passado, não seja tonto, Polo, o passado continua aí, submerso, invisível. Oculto, porém pesado, ancorado no leito do mar, coberto de lodo e ferrugem, inchado e deformado, porém indelével como uma marca de nascença, desde que se encontrou com Nacho, totalmente por acaso, como retorcido no balcão do Sol, o tronco de uma árvore, desde então não consegue evitar que as lembranças girem em torno de seu pensamento, como se estivessem em órbita, impossível ignorar que o passado nunca desaparecerá. Primeiro encontra Nacho e agora, uns meses depois, cruza com a irmã dele. Blanca, Blanquita, e você, qual é a primeira coisa que faz, Polo? Desvia o olhar. E depois se vira e a segue, como um caçador, o rastro vermelho de seu casaco. Por que desviar o olhar e depois segui-la ansioso, desesperado.

Tudo está ligado, você diz a si mesmo.

Nacho e Blanca. Chino. O passado.

E Gabi, você se pergunta, continua gostando dela? Sim, claro, gosta muito dela. Muito. De mãos dadas, vocês pulam ao vazio do alto do prédio onde vivem com vista para a Praça de Olavide, o afundamento, paralisados pelo pânico de se perderem, incapazes de se tocar sem acabar chorando, ultimamente as coisas estão um pouco melhores, você mente para si mesmo, desde que foi ao psicólogo, pelo menos agora sabe que são apenas sintomas, sabe — teme — que, cedo ou tarde, as causas aflorarão, alguém vai perguntar e cedo ou tarde o passado acabará emergindo. Não tem tudo a ver? Ir ao psicólogo, sim, queria acreditar que fazia isso por ela, por Gabi, para verificar suas opções como casal, mas também ia porque desejava contar, confessar, aliviar a culpa, procurava o perdão ainda que fosse o perdão terapêutico de um médico, sua compreensão, embora fosse apenas a indulgência profissional de um único homem, a remissão dos pecados. Desde o início você implorou, Polo, implorou perdão e por isso foi ao psicólogo, mas por que se surpreende, era questão de tempo, cedo ou tarde ele encontraria o fio e pouco a pouco o passado emergiria. Sem saber, inconsciente, sem querer vê-lo, desejava contar a alguém. Talvez por isso esteja perseguindo Blanca agora por entre as pessoas que se amontoam na calçada. Você ergue o rosto e, por um instante, não vê as costas vermelhas do casaco de Blanca, seu gorro de lã, parece que a perdeu, melhor, diz a si mesmo, melhor assim, deixe-o enterrado, Polo, aí embaixo o passado não machuca ninguém, melhor assim, sob a terra, mas não, ali está o casaco dela, ainda bem que está usando um casaco vermelho, você diz. E o gorrinho de lã. Vai pedir uma taça no Sol e encontra Nacho, numa noite qualquer, vai fazer o pedido e o vê apoiado de costas no balcão, transformado em um zumbi, vampirizado pelo passado, pelas lembranças luminosas nas quais os quatro eram amigos e tinham uma banda de rock. Carregado, encalhado, ardendo em uma fogueira que se extinguiu há mais de dez anos. Todo esse tempo sem se lembrar de ninguém e, de repente, tudo volta, uma pessoa não pode fugir das lembranças como não pode fugir de si mesma, de sua essência. O passado como um soco, você não olha, não espera, escuta o som surdo, sente o calor no rosto e não sabe o que aconteceu nem o que o golpeou. Assim avança por entre as pessoas, como se estivesse pirado. Desviar o olhar, um reflexo, de repente não era Blanca, era o passado que cruzava com você, era você mesmo o que via, olhava para Blanca e só via sua própria escuridão. Se alguém alguma vez o investigasse, olharia para você com tanto desprezo. Inclusive Chino. Olharia para você com aquela superioridade moral, sem dor não havia dano, nunca voltou a vê-lo, você foi embora para os Estados Unidos, que se foda o Chino, para você é como se ele estivesse morto, que passe bem. Não se reconhece, você olha para trás e sente um calafrio, não se reconhece, às vezes custa a acreditar que aquele tenha sido você. Sem dor. Sem dor não havia nada, nada existe se não houver consciência. Você viu que ela estava linda, mais do que antes, sua beleza se estabeleceu. Parece mentira, o tempo. Naquela época todo mundo a chamava de Chicana. A Blanca. Quanto tempo, 1997, já não se lembra de nada da época, flashes desconexos. Estava tão magra em 1997, quase só ossos e, ainda assim, o corpo fibroso, elástico, o cabelo muito negro, a pele morena, quase avermelhada. Você se lembra dela e instintivamente se coloca em alerta. Não enlouqueça, diz a si mesmo. É só uma velha amiga, seja natural, viu que está linda, os traços mais doces, equilibrada, elegante. E se de alguma forma Blanca descobriu? Talvez Chino, afinal de contas moraram juntos durante anos, ele sempre suspeitou, talvez tenham conversado, juntado as peças. Você a vê atravessar a rua mais adiante sob os letreiros luminosos dos hotéis, recortada contra as vitrines, a vê olhar por um instante em sua direção, apenas por um momento, um olhar tão fugaz que não dá nem para sentir, o olhar automático de quem atravessa uma rua, os carros parados, engarrafados, e Blanca se esquiva, como se estivesse dançando, os faróis iluminam as pernas dela por baixo do casaco. Chega à outra calçada e vira à direita por uma rua deserta. Ao abandonar a calçada lotada do Fuencarral e dar atrás dele na Rua Colón, estreita, escura, silenciosa, você de repente se sente desprotegido. E se ela se virar, e se o vir ali a seguindo, então o que você vai dizer. Mas ela não se vira, e você, colado na parede, com a gola do casaco erguida, a segue a certa distância. E assim, como que seguindo seu rastro, você a vê parar na frente de um portão e enfiar a mão no bolso procurando as chaves, ela deixa no chão as sacolas de papelão que carrega. Chino se aproximaria e a seguraria pelo braço e simplesmente diria o que foi, Blanca, não se lembra mais de seu amigo Chino. Mas você não é Chino, Chino está morto para você, você é dos outros, dos que ficam parados na calçada no meio do caminho como que surpreendidos pelos faróis de um carro. Só que não há faróis.

Blanca, Blanca.

Ela se vira assustada, sua voz soou um pouco ansiosa, brusca. Por um momento, ela tenta focar a sombra que se aproxima. O casaco escuro. Ainda tem as chaves brilhantes suspensas no ar.

O que foi, Blanca, não se lembra mais dos amigos.

Um sorriso se abre no rosto dela, seus olhos se dilatam ao reconhecer você. Polo, exclama. Você a segura pelos ombros e beija suas bochechas com força, ela aperta seu braço sem deixar de olhar para você.

Polo, meu deus, de onde você saiu. Dez anos sem nos vermos e de repente você aparece por entre as sombras.

Mais de dez anos, Blanca. Vi você no Fuencarral, queria te cumprimentar.

Venha, suba até em casa um segundo, que eu deixo as sacolas e vamos tomar uma cerveja.

Dúvidas, as sacolas. Melhor não, Polo, de repente em alerta. Finge que está com pressa, um levíssimo formigamento na ponta dos dedos. Instinto de fuga, instinto de sobrevivência. Faz de conta que está com pressa, mas não é verdade, ninguém espera você em casa, Gabi ainda não deve ter voltado do trabalho, o instinto grita. Fugir, escapar. Ela muda de ideia na hora. Guardo as sacolas mais tarde, agora venha, vamos tomar alguma coisa, uma cerveja rápida, com certeza você tem tempo para uma cerveja, você está ótimo, Polo, mais velho, nos encontrarmos por acaso, você está muito bem, Polo, meu deus, que legal te ver, nos encontrarmos assim, e justo agora, mas me conte, você casou?, tem filhos?, me conte no que trabalha. Me conte alguma coisa, Polo. Venha, vamos ali, no bar, é como a minha segunda casa.

Você não fala, só se deixa levar, sorri, Chino está fora, nada menos do que no Peru, com os documentários. Sabia que ele se dedica aos documentários? Que tonta, Polo, assim como não sabia que estávamos juntos, tanto tempo se passou, tantas coisas. Tinha ouvido algo, Blanca. Achava que você ainda estava nos Estados Unidos, não, Blanca, faz um par de anos que voltei. Ela o arrasta e você se deixa levar, olha para ela, está linda, você diz, os olhos dela brilham. Esses olhos escuros. Enormes. Talvez outro dia, Blanca. Não, venha, Polo, uma cerveja e você vai embora, não seja bobo, eu prometo, Polito, uma e depois vamos embora. Vocês entram no boteco, música de fundo, algo moderno, pop. Não há muita luz, mas tampouco está escuro. Blanca beija o rosto da moça do balcão. Como está, gata, não te vejo mais por aqui. Blanca ri, vê como as coisas mudam, antes eu não saía daqui e agora está vendo, esse é meu amigo Polo. Como vai, Polo. Você sorri, ergue a mão. Está duro, desarticulado por dentro, impossível falar. O que é essa sensação de vazio. Não há quase ninguém no bar. Uns jovens amontoados em uma das mesas dão risada. Em outro canto, um casal bebe em silêncio, distraídos em seus monólogos interiores paralelos.

Quantas voltas a vida dá, diz Blanca, quer beber o quê.

Você diz uma cerveja.

Então uma cerveja, e para mim uma Coca-Cola.

Blanca deixa as sacolas sobre a mesa enquanto você se senta numa banqueta baixa. Primeiro você tira o casaco e depois se senta, nota que está pálido, atordoado, fraco, excitado como um clandestino e ao mesmo tempo tenso por dentro. Olha para ela, que continua em pé, ainda com o casaco e o gorro. Ela olha para você rindo, tão ingênua, pode ser que ela nunca tenha sabido de nada? Que tenha passado por aquele inferno sem desmoronar, que tenha saído incólume, apesar de seu papel desencadeante, acelerador. Ainda acho que é mentira estar aqui com você, Polo. Você a observa, ela permanece de pé, diz tchãrã quando abre o casaco vermelho e o deixa aberto para que você veja o que há dentro, como se estivesse nua. No entanto, ela não está nua. Você não entende. Demora um instante, um segundo, para perceber o volume, o relevo, uma confusão elástica que você resolve com espanto, meu deus, Blanca, parabéns

Demora. Uma imagem cruza sua mente um décimo de segundo, mas logo você se livra dela, se esforça para que desapareça, e lhe escapa uma expressão de autêntica surpresa ao contemplar o pequeno inchaço no ventre dela.

Tchārā por essa você não esperava, não é mesmo, Polo?

Blanca ri, joga a cabeça para trás enquanto acaricia a curvatura da barriga, ri, ri. Você se levanta da banqueta e a beija de novo no rosto e olha para ela e gagueja, tenta falar palavras sem ordem, Blanca, mas que surpresa, isso é, cara, é incrível, Blanca, que velhos que estamos, Blanca, meu deus, grávida, é incrível, Blanca, que maravilha.

Estou de cinco meses.

Blanca são dois olhos brilhantes. Que bom que nos encontramos, ela diz sorridente, de pé com o gorro branco ainda na cabeça, que bom que nos encontramos bem neste momento. E o Chino no Peru, ainda por cima. Blanca ri. Documentários da natureza, você sabe, Chino um apaixonado pelos bichos, quem diria. Blanca esfrega a barriga e está vendo, Polo, quantas voltas dá a vida, e o Chino, quem diria que acabaríamos juntos, Peru, ainda por cima, mas me conte, Polo, me conte como a vida te tratou durante todos esses anos, a que se dedicou esse tempo todo.

Você pensa, a me esconder, Blanca, a isso dediquei minha vida. A me enterrar, pensa, porém não é isso o que responde. Você diz pouca coisa, Blanca, afinal trabalho no banco, sim, o mesmo onde trabalhava meu pai, coisas que acontecem, quantas vezes eu disse que nunca trabalharia num banco, que preferiria morrer, quantas vezes eu disse que me matava antes, sim, com uma garota, você a conhece, eu acho, Gabi, na época ela saía com García Campos, um cara do Cha que era um imbecil, uma loirinha de olhos azuis. Blanca, que arregala mais os olhos negros a cada uma de suas respostas. Você tem de se lembrar dela, se conheceram no Ces, sim, isso mesmo, a holandesa, mas que na verdade nunca foi holandesa. Suas palavras nervosas, atropeladas. Quantas voltas, meu deus, dá a vida, sim, muito linda, muito loira, os olhos azuis, muito claros. Você não fala muito de Gabi, passa do lado dela na ponta dos pés, não diz por que perdeu o chão, não detalha a precisão cirúrgica com a qual estão se machucando, se destruindo. Não fala da terapia, do psicólogo, não fala da culpa, não fala de que sem dor não há dano. Fica envergonhado de seus sentimentos estranhos, sempre obscuros, sim, muitas voltas, Blanca, quem diria que acabaríamos assim.

Blanca sorri. De repente o sorriso dela fica tenso, congela nos lábios. As pessoas esquecem os rostos, os nomes, as pessoas perdem os detalhes, os desprezam. Não, Blanca, você pensa. Não vamos começar, deixe o passado onde está. Às vezes me lembro, diz Blanca, seus olhos parecem vibrar. Às vezes me lembro da banda, ainda tenho nossa demo, Polo, gravada numa fita.

Você esvazia toda a cerveja, a espuma como creme de barbear colada no fundo do copo, você olha para ela. Tudo aquilo desapareceu, Blanca, incinerado, corroído pelo tempo, se pudesse tocá-lo com as mãos, não pode, mas se pudesse tocá-lo com as mãos se tornaria pó. Você olha para o relógio, é muito tarde, Blanca, desculpe, eu adoraria ficar, mas. Você não acha incrível, Polo, uma fita? Já nem posso ouvi-la no carro. Você responde que algumas vezes é melhor deixar o passado onde está e já está se desculpando, precisa ir, de verdade, Blanca, é muito tarde, e percebe que ela continua inocente, limpa. Que Blanca sempre foi luz, que já era naquela época e continua sendo agora. Uma fita, ela diz, acho até melhor não poder ouvi-la, quando me lembro da banda meu coração se parte. Você olha para ela, mais linda do que nunca, grávida, Blanca que emana luz, que o cega com sua luz e, no entanto, vocês. Você principalmente. Você que dedicou estes dez anos a esquecer, e Nacho que, pelo contrário, os usou para lembrar, para pensar, para ver várias vezes o filme dos fatos, tentando encontrar uma explicação para o próprio azar. As imagens o golpeiam, o horrorizam, mas faz tanto tempo, é melhor esquecer. Às vezes, Polo, digo a mim mesma que éramos bons. Polo, às vezes penso na banda e isso parte meu coração. E é verdade, Blanca, preciso ir, vou chegar atrasado, Gabi está me esperando, eu disse que hoje iríamos, você se levanta, tropeça na banqueta, coloca o casaco, faz uma confusão com o casaco. Diz a Blanca que precisam se ver, que mora muito perto, em Olavide, que quando Chino voltar precisam combinar, mande um abraço para o seu irmão, o encontrei há uns meses, no Sol, sempre digo que preciso telefonar para ele, mas sabe como é, no fim das contas nunca temos tempo. E você coloca o casaco, e Blanca o olha sobressaltada, encontrou Nacho? E você, sim, por acaso, uma noite no Sol, e repete as mesmas palavras mais uma vez, praticamente na mesma ordem, atrapalhado com o casaco, repete que precisam se ver, todos juntos outra vez, como antes, com Chino, com Nacho, os quatro. Repete cada vez mais devagar porque percebe que Blanca o segura pela manga, está mais frouxa, surpresa, observa a mão dela agarrada a seu casaco e o olhar fixo em você, suplicante. É como se estivesse a ponto de perder a consciência. Imóvel, de pé, você olha para ela, espera, não entende o que está acontecendo. Ela sentada demora, demora muito para começar a falar. De pé, seguro pela manga, observando-a como suspensa. Blanca demora muito, muitíssimo, para dizer:

Polo, você não sabe?

De verdade, Polo, não sabe o que aconteceu com meu irmão?

2

Mas caralho, Polo, porra, fala se está respirando.

O perfil de Chino virado para você na quase escuridão do carro, as luzes amarelas que iluminam o caminho de cascalho. Ele grita com você enquanto dirige e tudo treme, você fecha os olhos. Durante um segundo, menos de um segundo, encontra-se no vazio. No silêncio.

Porra. Polo, caralho.

Você abre os olhos, a cabeça da garota apoiada nos seus joelhos, o pescoço frouxo, o sutiã escuro contrasta com a pele branquíssima, o cabelo loiro como um leque entre os seus joelhos. Custa se concentrar. Atordoado, se deixa levar pela estranha falta de verossimilhança do ambiente. Você olha para Chino, o vê gritar de costas. O barulho do carro, a cabeça da garota, muito pálida, saltando sobre os seus joelhos, os olhos fechados, a boca entreaberta. O carro anda muito rápido, envolto em um barulho como de turbina, as rodas fazem saltar o cascalho miúdo do caminho, e as pedrinhas batem na parte de baixo do automóvel como um tipo de granizo invertido.

Tudo se mistura, tudo se liga.

Porra, Polo, fala alguma coisa.

Chino dirige se virando de pouco em pouco para ver sua cara, para vê-lo horrorizado no banco de trás.

Você nega com a cabeça, ela não reage, Chino.

O caminho de terra acaba na estrada, Chino para o carro por um instante e olha para ambos os lados, depois gira o volante com as duas mãos e muda de marcha, os pneus traseiros patinam no cascalho. Você, no banco de trás, meio confuso, segura a cabeça da garota com as mãos, a pele dela de repente está tão pálida que parece brilhar.

O carro estremece sobre o chão irregular da estrada, avança rápido demais. Os faróis amarelos tremem e iluminam a linha branca contínua. Você abre a boca da garota, tampa o nariz. Você se mexe devagar, tudo tem uma estranha fragilidade, a cabeça leve e as pálpebras muito pesadas. Sopra dentro da boca da garota uma, duas, três vezes. Bafo de álcool.

Polo, porra, caralho.

Chino tem o olhar descontrolado, seu perfil recortado contra a luz amarela dos faróis. Você se pergunta o que vai dizer no hospital. O que vai falar para a garota amanhã quando ela acordar no hospital. Pressiona o peito dela. Um, dois, três.

Polo, você não sabe?

De verdade, Polo, não sabe o que aconteceu com meu irmão?

O que vai falar para os médicos.

Chino, quer olhar pra frente?, vamos sair da estrada.

Quando a examinarem, você diz a si mesmo, saberão o que aconteceu. Assim que fizerem um exame de sangue perceberão.

Chino bate no volante com a palma da mão. Porra, porra, porra. A estrada está deserta, o carro avança muito rápido, vai para o lado quando Chino se vira e grita com você, os pneus avançam sobre a linha branca cada vez que ele vira o corpo na sua direção. Você olha nos olhos dele, ele fala, mas você não escuta. Quando analisarem o sangue, você diz a si mesmo, saberão, quando acharem o Rohypnol no sangue dela, saberão exatamente o que aconteceu.

Chino, não podemos levá-la ao hospital.

Mas do que você está falando, Polo, o que está dizendo.
Chino, vamos para a cadeia.
Polo, porra, caralho. É nossa amiga.
Chino, calma, por favor.
Polo, porra, caralho, que merda de azar.

3

Rubén Polo?
　Você faz que sim. O psicólogo o examina gentilmente. Pede para se sentar.
　Sente-se, Rubén, quer beber alguma coisa? Um café?
　Não, obrigado, você responde. Acabei de tomar um.
　Você que sabe, Rubén, o que o traz aqui.
　Com leite, obrigado. Sobre uma banqueta, o bar cheira a fritura, você está deslocado de terno e gravata. O garçom demora a atendê-lo. Funcionários de escritório folheiam o jornal, pedem o prato do dia, mastigam. A televisão no alto. Você se sente incomodado, começa a pensar que o terno vai ficar cheirando a boteco. Não quer se apresentar no primeiro dia da consulta com a roupa cheirando a comida. O garçom diz que sim, que se lembra de seu café, que o trará agora, mas desaparece por uma porta e quando volta traz dois pratos fundos nas mãos, os deixa sobre uma das mesas. Você se pergunta por que aceitou ir ao psicólogo. É óbvio que para fazer a vontade de Gabi, porque senão. É óbvio que é apenas estresse, alguns ataques de pânico, um pouco de enjoo, quem nunca passou por isso.
　Se gosto do meu trabalho?, você olha para o psicólogo, contrato fixo, pagam mais do que bem, o ambiente é agradável.

Não estou perguntando, Rubén, das condições, e sim se você gosta ou não.

Eu me mataria com um tiro de tão chato que é, você diz. Odeio, talvez o senhor saiba responder a essa pergunta, por que alguém sobe numa cadeira, enfia a cabeça numa corda, ajusta o nó e pula? Por quê. Você mesmo. Passei metade da vida dizendo que nunca trabalharia em um banco e a outra metade justificando por que mudei de opinião.

Talvez, Rubén, você pensasse que era a coisa certa, que trabalhar nesse banco era o melhor que podia fazer. Talvez tenha feito porque era o que os outros esperavam de você, porque queria satisfazer as expectativas deles.

A conta?, um café. Deixa claro que está com pressa, está tenso. Nada sério, para agradar a Gabi. Óbvio que é só estresse, o trabalho corrói e anula você. Um efeito secundário de se chatear a cada manhã enquanto faz o nó da gravata diante do espelho. E, embora resista a aceitar, sabe que há algo mais. Todo mundo esconde alguma coisa, todos nós guardamos um passado, quem não ficaria nervoso ao enfrentar seu passado. Não é a mesma coisa, Polo, para você não é a mesma coisa, ninguém guarda no passado o que você guarda. Essa inquietude que sente na base do estômago, essa sensação que se acentua como um alfinete no estômago, você não pode negar que o que sente é medo. Se alguém descobrisse, às vezes pensa nisso, se alguém descobrisse, como o atingiriam com desprezo, o olhariam com repulsa. O garçom pega a nota que você tem na mão. Não enlouqueça, Polo, é só um psicólogo, não é um vidente nem um médium, ele só vai saber o que você contar, mesmo que você fale de 1997, ele não é a polícia. Mas tanto tempo se passou, a gente esquece as caras, esquece os detalhes, que parte é verdadeira e que parte inventada, distorcida pela memória. Reduzida ao esquecimento, ampliada pela imaginação, como ter certeza quando tanto tempo se passou, mais de dez anos. A gente confunde as caras, muda os nomes. A gente esquece os motivos, o tempo desgasta tudo, dissolve as explicações. Quem lembra com exatidão o que aconteceu há mais de dez anos. Ninguém lembra. Nada resiste. A gente esquece.

Você disse angústia depois de fazer, Rubén? Ou antes?

Depois.

O que sente, defina angústia.

É como se a tristeza me esmagasse, uma tristeza insuportável, é como se essa tristeza tivesse um peso físico que me arrasta, que me afunda.

O que é senão medo que faz sua perna tremer sobre o apoio para pés da banqueta. Você deixa umas moedas no balcão, levanta. Precisa ir embora, já disse que ia, agora não pode dar para trás. Você se lembra de Chino, é tarde demais para cancelar a consulta, tarde demais para não ir, se lembra de quando você e Chino eram inseparáveis. Melhores amigos. Divertia-se com ele, diz a si mesmo. Eram seus amigos, você cometeu erros, não pôde parar, tinha de levar as coisas além, sempre um pouco mais além, talvez se naquela primeira noite não estivessem tão cegos de ecstasy, mas se sentiam tão felizes, eufóricos, depois do show em Siroco. Naquela noite eram três bons rapazes que haviam montado uma banda de rock nos anos 90 e, no entanto, na manhã seguinte acordaram cobertos de um cheiro desconhecido, de uma pestilência animal, o cheiro dos predadores, você tinha atravessado a porta. Mas como tudo tinha começado, onde tinham perdido a mão.

Uma TDK de 60, *Maxinquaye*, de Tricky, no volume máximo, Chino dirige para a faculdade, vira a fita, avança e depois vira novamente para ouvir o mesmo trecho que acabaram de ouvir. É cedo, porém o sol já está alto, devíamos tocar assim, diz Chino, ele fala devagar, o olhar fixo na estrada, soar mais trip-hop, nada de merdas de guitarras e distorção, fazer algo mais complexo, mais sutil.

Vocês cruzam os túneis de Sinesio Delgado rumo à Cidade Universitária. Você está de barba e cabelos muito compridos. Chino sempre com os cabelos presos em um rabo de cavalo, barba bem feita, um piercing na sobrancelha direita, costeletas grandes. Camisas xadrez abertas, jaquetas de pele de carneiro, camisetas pretas, camisetas de bandas, botas militares, tênis esportivos. Uma pasta jogada no banco de trás, uma caneta no bolso da jaqueta ou presa no elástico da pasta.

Chino fala enquanto olha pelo retrovisor e muda de faixa, devíamos trabalhar sobre bases eletrônicas, para soar assim precisaríamos disso. Você o ouve, mas quase não consegue acompanhar, Polo, apenas tateando, com os olhos fechados. Uma cantora, diz Chino, é disso que precisamos, o que nos falta é uma voz diferente, uma garota, uma cantora.

Problemas, Rubén? Que tipo de problemas?

E se o cara falar demais. E se chamar a polícia.

Problemas, na cama.

Está dizendo que não consegue ter uma ereção?

Não, nada físico, sinto como se o sexo me asfixiasse. Não poder respirar, sentir que se afoga.

E se aparecer tudo aquilo que, e se o cara pesquisar, e se tudo acabar emergindo, então o quê. Você trata de respirar fundo, de diminuir a importância disso. É psicólogo, o que você falar com ele é confidencial. O cara não pode falar com a polícia, é um profissional, perderia a licença. Você respira fundo, não acontece nada, um profissional. Mas tem certeza de que não pode ir à polícia?

Nos últimos tempos apenas dormimos, me sinto mal só de pensar em transar.

Tristeza ou rancor, Rubén?

Tristeza, um mar de tristeza.

Quando foi a última vez que fizeram?

Você tenta se lembrar, três semanas, um mês, cinco semanas. Tempo, Polo, tempo, mas quando foi a última vez que a desejou, já nem olha para ela, você sabe que ela é muito bonita, sabe disso porque é evidente para todo mundo, nem a toca na cama. Você sabe que é muito bonita porque os homens se viram quando Gabi entra em um bar, os homens se calam e olham em silêncio quando ela entra em um bar, mas você desvia o olhar quando ela tira a roupa, como se a nudez dela o ofendesse. Gabi é perfeita, você sabe disso, procurou esse corpo, sua perfeição, por anos, toda sua vida, e agora já não é apenas indiferença, mas você afasta o olhar quando ela fica nua, quem sabe se não tivesse tomado ecstasy naquela noite, talvez tivesse conseguido controlar, dominar esse mecanismo físico, impor a razão, impor a lógica, impor a ética ao desejo. Mas não, não conseguiu, não quis, o desejo o fez arder e agora ela tira a roupa e você olha para outro lado. Cansou, ficou chato. De repente seu corpo nu lhe causa repulsa, Polo, ao mesmo cara que em 1997. Não, você diz, aquele também não era você.

Comecemos pelo princípio, Rubén, como se conheceram? De onde veio Gabi?

Como nos conhecemos? É uma longa história, você diz e tenta sorrir. O psicólogo olha nos seus olhos, segura o queixo com a mão, espera você continuar. Na universidade, ela saía com um cara que conhecíamos, um bonitão, García Campos, um babaca, um cara anormal.

Um encanto de pessoa, diz o psicólogo.

Você deixou algumas moedas no balcão, coloca o casaco, sai para a rua. Está frio apesar do sol que inflama o céu como um gás azul, com que desprezo, com que repugnância olhariam para você se alguma vez ficassem sabendo. Fecha o casaco. Tinha acontecido de repente, uma noite, enquanto estava tudo bem, enquanto brincava de ter uma banda de rock, enquanto dizia somos bons, bons de verdade, enquanto repetia a quem quisesse ouvir namoradas nem fodendo, enquanto dizia aquilo tudo de nunca trabalhar em um banco, aquilo de que antes me mato, antes me jogo da ponte, sem saber, sem se dar conta, de repente, uma noite o chão tinha desaparecido sob seus pés e como em um desenho animado você continuava andando sobre o vazio. Tinha tomado ecstasy muitas vezes antes disso e tomou muitas vezes depois, mas aquela noite foi diferente, você sentiu, sentiu que o queimava por dentro. Já pensou muito, Polo, talvez se não tivesse tomado ecstasy, talvez tivesse partido, talvez assim o desejo não tivesse sido tão furioso nem tão autoritário. Você para antes de cruzar o semáforo, é um belo dia de inverno, sente o sol no rosto, fecha os olhos por um segundo. Aconteceu sem querer, sem você se dar conta, enquanto brincava de passar dos limites com tudo, enquanto brincava de provar tudo, de experimentar, de ter uma banda de rock, assim, sem esperar, você abre uma porta e acende a luz e ali está o mal, um mal com letra maiúscula, carnal, morno, a saia levantada sobre as coxas, tão loira. O mal é uma luz halógena que ilumina um corpo inconsciente estendido sobre a cama, a carne branca, como um bezerro sacrificado. Aconteceu como acontecem as coisas nos romances de Stephen King, o mal sempre esteve aí, já residia na Terra antes que houvesse vida no planeta, porém ninguém percebe, ninguém é capaz de ver isso, ninguém a não ser você. Abre a porta e acende a luz e cruza a soleira e, de repente, impossível voltar atrás. Ardendo como um monge, por dentro, de pé, sob a luz zenital, bombeando combustível a cada batida, tudo misturado e tudo misturado com seu sangue.

Entra na consulta, a recepcionista sorri, você dá o seu nome. Espere ali, ela indica umas poltronas, será atendido em um minuto.

Por isso vim, quero fazer com ela como o resto das pessoas faz com a namorada, quero fazer com mais frequência, com vontade, só quero fazer sem me afogar em um mar de tristeza.

Rubén, você não acha que tudo está interligado? O que aconteceu na casa dos gêmeos, essa tristeza que sente.

A garota, de repente, está com os olhos abertos e olha para você de muito longe, as pupilas dilatadas como as de um peixe morto. Você tenta cobri-los com a mão, depois ela começa a ter uma convulsão, vomita. Você está paralisado, Chino o afasta com um empurrão, consegue colocá-la de lado, ela tem espuma na boca.

De onde os conhecia, Rubén. Os gêmeos.

Nacho os conhecia do colégio, do Cha, o Colégio de Huérfanos de la Armada. Tinham uma banda, faziam punk de garagem, eram bons, muito selvagens, tinham feito um disco com uma gravadora independente e podiam colocar a gente lá, mas Nacho não estava convencido. Nunca quis que nos misturássemos com eles.

Nacho disse por que exatamente?

Só disse que os gêmeos não eram confiáveis, que ficavam loucos quando estavam drogados. Mas que porra significa ficar louco, na época não entendi, pensei que estava exagerando, que era maneira de falar, ficar louco, não entendi até que era tarde demais.

Sério que você não sabe de nada, Polo?

Jura que ninguém contou para você do meu irmão?

Que merda acontece com você, Polo, não disse para pensar num desejo?

O gêmeo ri, pois aqui está o seu desejo.

O corpo sobre a cama, o sexo como uma ferida aberta na carne branca.

O gêmeo está com a cara vermelha, investindo uma e outra vez na garota.

Escolhe uma, a que quiser, Polo, a que mais gostar.

A cara muito vermelha, as veias do pescoço saltadas.

Você é Rubén Polo?

Você faz que sim.

Sente-se, quer beber alguma coisa? Um café?

Não, obrigado, acabei de tomar um.

4

Era uma banda boa, boa de verdade. Nacho encostado no balcão do fundo do Sol, veio sozinho e continua sozinho no meio da multidão, a música muito alta, barba de dois dias, careca, velho. Foi a melhor coisa que fiz na vida, Polo, essa banda foi a única coisa realmente boa que aconteceu na minha vida. Você pede dois gins-tônicas. Do que você quer, Nacho? De Beefeater?

Não me olhem assim, porra, Chino, Polo, juro para vocês que canta pra caralho, no colégio cantava num coral.

Blanca? Sua irmã mais nova? Chino ri com sarcasmo, mas quantos anos ela tem?

Nacho dá de ombros, foi você, Chino, quem disse que precisávamos de uma cantora.

Não venha com conversa fiada, Nacho, me diz quantos anos tem a sua irmã, que nós não somos os merdas dos Parchís.

Ela está no cursinho, Chino, juro que não conheço ninguém que cante como ela, apenas escute, sério, só uma vez.

Você tenta cobrir os olhos dela com a mão. Chino o afasta com um empurrão, a coloca de lado, temos de levá-la ao hospital, ele diz, está se afogando.

Gabi perde o olhar no entardecer, de perfil, sentada, nua, com as pernas envoltas no lençol. Às vezes, Rubén, tenho a impressão de que você nem sabe o que é amar alguém. Que nunca sentiu algo assim, que não sabe o que é sentir algo por outra pessoa, que você é uma pedra de gelo.

Espere, espere, Rubén, você falou Rohypnol?

Você sabe, Rohypnol, flunitrazepam, um ansiolítico, como o Valium.

Meticuloso, com cuidado, esmaga um comprimido com o isqueiro, dois, três. O pó se espalha pelo criado-mudo.

Você se lembra desse dia com uma estranha exatidão, o dia em que Blanca apareceu pela primeira vez em um dos ensaios da banda. Estava quente, as provas finais se aproximavam. Lembrar disso agora, Polo, é como contemplar um incêndio noturno, vocês são as chamas que rompem as janelas e escalam até cobrir o telhado do prédio, são o fogo que cresce e envolve tudo, mas ao mesmo tempo são também os vidros das janelas que saltam em pedacinhos, as vigas se partindo, você se reconhece na força que aniquila tudo e, simultaneamente, no objeto reduzido a cinzas, assim você se lembra: envolto em chamas. Um sentimento de liberdade infinito que é em si mesmo um padrão de comportamento, se lembra de ser arrastado por essa inércia, pela possibilidade de governar até o último de seus passos e, então, sim, então cada passo era uma descoberta, então o mundo lhe parecia inesgotável, um fluxo constante. Malasaña era o centro do mundo, vocês passavam dia e noite ali, e na época não era como agora. Pelo menos você achava Malasaña perigosa, ardente, viva, quente. Fértil. Cada bar era um mundo em si mesmo, tudo lhe parecia novo, resplandecente. Agora você se lembra de 1997 como quem contempla hipnotizado um incêndio noturno. Você se acostumou a descobrir algo novo a cada dia, se acostumou a provar algo novo a cada sexta-feira e algo novo a cada sábado. Sexta e sábado. Era emocionante. Na época você achava normal, Polo, mas agora sabe que era extraordinário. Cada dia uma nova corrente, uma nova forma de pensar. Evoluía tão rápido quanto podia. Tudo parecia se mover muito depressa, e talvez essa velocidade fosse apenas o reflexo do fascínio com o qual você olhava para o mundo. Agora lhe custa entender, mas isso não o impede de lembrar com perfeita nitidez, era você quem vivia no meio daquele turbilhão, sobressaltado pela visão de seu próprio incêndio interior. Na época você não tinha dúvida nenhuma, Polo, o que ficava sob a superfície tinha que ser, forçosamente, muito mais do que o que já havia descoberto, e no entanto o fato, agora você sabe muito bem, é que você estava espremendo a última gota, esgotando as reservas. Agora você se dá conta, Polo, de que depois daquilo quase nunca mais chegou a sentir algo novo, agora você tem ciência de que quase todas as descobertas que fez na vida, quase todas, aconteceram naqueles anos.

Talvez você esteja idealizando.

Sim, Polo, talvez agora, ao olhar para o passado, você idealize. Talvez a melancolia o esteja ferindo, talvez você tenha se enredado em suas próprias lembranças como em uma síndrome de Estocolmo, sim, talvez você idealize sentado na frente do computador em uma mesa de escritório, com o paletó pendurado na cadeira giratória e a tela vibrando diante de si.

Concentrar-se na tela. Não pensar, não lembrar. Um mantra.

Não lembrar, pelo menos não com essa sensação de vertigem.

De onde saiu essa gracinha, Chino, a menina que está falando com o gêmeo.

A loira?, intervém Nacho apontando para ela com um gesto, você assente, Nacho ri, Polo, cara, essa é a famosa namorada do García Campos.

Nacho, não brinca, é muito gostosa, de onde o babaca do García Campos tirou uma mina assim.

Chino coloca o braço em seu ombro, vocês três estão no Santa Fe, noite de sexta-feira, é uma patricinha, Polo, ela vai ao Ces, ali só tem mauricinho.

Nacho ri, é verdade, é muito gostosa.

Vai se foder, Chino, eu odeio essas vacas dessas patricinhas.

Polo, não negue, você sente atração pelas patricinhas. Claudia, sem ir muito longe.

Não me venha com Claudia agora, Chino, não enche meu saco com isso agora. A Claudia não existe, é como se nunca tivesse existido.

Fazia alguns meses que deixara de sair com ela e naquele momento Claudia já era um fantasma. Só alguns meses e já quase nem se lembrava dela. Namoradas nem fodendo se tornara sua frase favorita. Se você calcular as datas, se se esforçar para enquadrar cronologicamente os acontecimentos, vai saber que ela estivera ali, do seu lado. Não pode negar, mas tampouco é capaz de se lembrar de nada daquilo. Claudia tinha se tornado um empecilho, com seus brincos de pérolas e suas calças de marca, um peso morto. Ela gostava de você, se esforçava para acompanhá-lo, mas você corria na direção oposta, ela queria segui-lo e, ao mesmo tempo, tentava conservar a ordem em seu pequeno mundo, uma ordem herdada, familiar, cada coisa devia permanecer em seu lugar e você, enquanto isso, corria, se distanciava, reclamava, não queria olhar para trás. Pouco a pouco ela se transformou em um fantasma. Um cadáver na sarjeta de seu passado. Há fotos, mas até nas fotos parece desbotada, fora de lugar. Uma fotomontagem malfeita, acrescentada depois, sobreposta à realidade. Só lembra que não funcionou, só lembra de ter virado a placa de fechado, que acabou da noite para o dia. Ela se apaixonou por você quando você era apenas um bom rapaz, tímido e inteligente, e depois ela queria cada coisa em seu lugar e você não podia parar de correr, correr rápido, sem olhar para trás, correr para onde fosse, mas sempre na direção oposta. Você sempre foi um bom rapaz. Todos vocês eram, Chino e Nacho também, bons rapazes de boa família. Tanto renegar suas origens, Polo, que é um burguês, o dinheiro de sua família, as ideias conservadoras de seus pais, seus valores antiquados, Claudia, sobretudo Claudia, e depois, Polo, até mesmo nos lugares mais sujos de Malasaña, inclusive nos piores cantos, sentado no chão, vestido quase que com trapos, a barba descuidada, o cabelo muito comprido, ainda assim você só se juntava com gente de sua classe, nos piores botecos, mas sempre de sua classe social, universitários de classe média alta, casa com jardim, universidades privadas. Só agora você se dá conta disso.

Suas lembranças superexpostas à luz zenital, os olhos da garota estão brancos. Você a pega nos braços, desce as escadas carregando-a, um braço sob os joelhos, o outro nas costas, as paredes tremem, atravessa a cozinha, cruza o jardim. Você se vira por um segundo e vê Chino correr atrás de você, ele está colocando a camiseta, carrega as chaves do carro nos dentes.

Sei o que é Rohypnol, Rubén, e não é como Valium, é dez vezes mais potente que Valium, é um sedativo.

O gêmeo tem o rosto muito vermelho, as veias do pescoço saltadas.

O Rohypnol, Rubén, também é conhecido como a droga dos estupradores.

Gabi vira o rosto de novo para você, e agora é você quem desvia o olhar, impressionado com a amargura de seus olhos, com sua decepção, o sol parece vibrar enquanto desaparece atrás dos telhados.

Talvez você tenha razão, Gabi, meu amor, talvez eu não seja capaz de lhe oferecer o que me pede, uma pedra de gelo, não me dê bola, de repente me sinto tão triste.

Você a drogou? É isso, Rubén?

Nos anos 90 era diferente, você podia conseguir Rohypnol em qualquer lugar, os junkies vendiam comprimidos soltos. Vinte pilas cada um. Imagino que tomavam para suportar a abstinência, para conseguir dormir, sei lá.

Nu, cabisbaixo, arisco, sentado em uma ponta da cama, Gabi se aproxima pelas costas, meu amor, meu amor, o que acontece com você, meu amor, ela tenta abraçá-lo, mas você, sombrio, recusa o contato, toda vez que transamos acontece a mesma coisa, Rubén, o que acontece com você, meu amor, cada vez que transamos você fica louco, todo mundo relaxa, você fica louco de tristeza, devia ouvir a si mesmo, fica tão triste que dá medo.

Chino tinha suas dúvidas, sua irmã mais nova, Nacho? Um coral? Tinha suas dúvidas, mas quando ouviu Blanca cantar pela primeira vez ficou louco. Todos pensaram que ela era boa, mas Chino ficou maluco. Disse que era perfeita. Disse isso empolgado. Quando Nacho voltou depois de acompanhar Blanca até a saída do local de ensaio, Chino se aproximou dele. Você tinha razão, Nacho, a Blanca é perfeita para a banda.

Eu disse, Chino, eu disse que ela cantava pra caralho.

Normal?, o psicólogo nega com a cabeça, você realmente acha que tudo isso que me contou é normal?

Não, não sei, Gabi, nem eu sou capaz de entender, meu amor, fico assustado ao ver o mundo como uma massa disforme, como um purê que esfria, não consigo ver mais do que monotonia, você olha para ela, os olhos azuis como esferas de mercúrio, o espelho de sua desolação.

Venha, me deixe abraçá-lo.

Já vai passar, Gabi, querida, meu amor, não é nada, só essa melancolia imbecil, meu amor, que me destrói, meu amor, que me arrasta para o fundo, você tem razão, tanta tristeza me deixa maluco, mas que merda acontece comigo, não paro de me lembrar do passado, da universidade.

Eu nem sei do que você está falando, Rubén, do que sente tanta saudade no passado, nunca sei se quando fala disso fala de mim, de você ou de sei lá o quê.

É de algo que perdi nessa época, não sei o que é nem quando perdi, mas é como se eu não fosse capaz de encontrar satisfação em nada.

Em nada.

Gabi olha para você, vou falar do que sinto falta no passado.

Você a observa, sabe que deve estar linda sob a luz do entardecer, por que não pode enxergá-la assim, por que a olha como se fosse transparente?

De nada, Rubén, não sinto falta de nada desse passado, da faculdade. Morava com a minha mãe, não tinha liberdade, não tinha dinheiro nem independência, não tinha você.

Você sai do boteco da Rua Colón, Blanca ficou sentada, pálida. Cambaleando, você caminha pelas estreitas ruas de Malasaña, como se estivesse perdido, não consegue parar de pensar. O que fez, como foi que falou, por que confessar.

Você tropeça. Parece bêbado, porém não bebeu tanto assim. Já passa da meia-noite, quantas horas passou ali dentro com Blanca. Seu estômago está revirado, sente enjoo. Não é o álcool, você diz a si mesmo, não bebeu tanto. É o passado, 1997 é luz, e 1998, no entanto, é escuridão. Você fugiu, aquele dia, chegou em casa e disse a seus pais que sim, que tudo bem, faria o mestrado, aceitaria o estágio nos Estados Unidos.

Fugir. Vender-se.

O psicólogo abre as mãos na sua frente. Rubén, imagine que esta mão é seu cérebro racional, e esta outra, seu inconsciente. O cara fecha o punho do cérebro racional. O que seu inconsciente está fazendo é grudar na realidade, manipulá-la. O cara envolve o cérebro racional com a mão do inconsciente. Seu inconsciente está tentando ocultar a verdade, protegê-lo, há uma guerra em seu interior, Rubén, o que pode e o que não pode tolerar de si mesmo, o cérebro racional agarra os retalhos, o que permanece, e cria um filme. A versão dos fatos que você está disposto a aceitar sobre si mesmo.

Você parece enjoado, Polo. Preciso de ar, Blanca, tenho que ir embora, está tarde, sinto muito pelo que aconteceu com seu irmão, de verdade, sinto mais do que qualquer outra pessoa, mas agora preciso mesmo ir.

Polo, fique, por favor, preciso de uma explicação, preciso saber o porquê. Como ele pôde. Se ele me amava mais do que ninguém, não, não consigo acreditar.

Essa mão é a realidade, Rubén, essa outra é um impostor.

Blanca fica para trás, sentada, abatida, você fecha a porta do boteco e começa a caminhar. Sente frio, sente enjoo, treme no caminho de casa. Quanto tempo passou com Blanca, por que você teve que contar tudo isso, estava enterrado e agora. Em 1997 tudo parecia funcionar perfeitamente, como o mecanismo de um relógio. Você cospe no chão, não bebeu tanto, vem uma ânsia de vômito, cospe. Tenta vomitar, mas não consegue.

Chino, pare.

Polo, não enche o saco, temos de levá-la ao hospital.

Chino, pare. Ela está respirando. Está melhor.

O gêmeo se aproxima de você depois do show de Siroco, oferece um cigarro, você aceita, obrigado, Álvaro. Gostosa, hein, Polo? Seu olhar se prende várias vezes na garota loira que dança entre as pessoas. Ela usa um vestido preto sem mangas, se move com os olhos fechados abismada, alheia ao resto do mundo, se agita sob as luzes estroboscópicas. Um vestido chinês com um dragão vermelho no ventre. García Campos, vestindo uma camisa de listras, se aproxima e ela lhe dá um beijo na boca, depois os dois riem. Você desiste, o que essa menina viu no anormal do García Campos, você deixa escapar com uma voz ressentida, cheia de amargura.

Chino, pode acreditar, quando fui embora a Blanca estava perfeita.

Então o que aconteceu ontem à noite, Polo?, daqui consigo ver a polícia na casa do Nacho.

Você o tranquiliza, bate em seu ombro, não se irrite, Nacho, não se preocupe, traga sua irmã uma tarde dessas, faça com que aprenda umas músicas, não leve a mal, você sabe como o Chino é com as coisas da banda.

Sim, um puto babaca, Nacho ri sarcástico, quem ele acha que é, a porra do rei do karaokê?

Normal?, o psicólogo nega com a cabeça, Rubén, você realmente acha que tudo isso que me contou é normal? Acha mesmo normal ter drogado a garota, e depois entre quantos? Entre quatro? Cinco? De verdade, acha normal agora ela ser sua namorada? Ter escolhido ela como namorada? Ter voltado dos Estados Unidos e tê-la procurado, justo ela, depois de tudo que aconteceu, o que fizeram, de verdade, Rubén, você acha normal?

Suor frio, uma forte ânsia. Cospe no chão, na esquina da Rua Palma com a San Andrés, por que agora, por que contar isso agora.

Olha para o celular.

Há seis ligações perdidas de Gabi.

CD DOIS
RITUAL DE LO HABITUAL

RITUAL DE LO HABITUAL, JANE'S ADDICTION
(1990, Warner Bros.)

Ritual de lo habitual é o segundo álbum de estúdio do Jane's Addiction, banda californiana de rock alternativo liderada por Perry Farrell e Dave Navarro. O disco começou a ser vendido no dia 21 de agosto de 1990, pelo selo Warner Bros.

A segunda parte do disco, da faixa 6 à 9, é constituída de músicas mais lentas e longas e dedicada a Xiola Bleu, amiga de Farrell, que morreu de overdose de heroína em 1987, aos dezenove anos. A música "Three Days" fala sobre um fim de semana de sexo e drogas que Perry Farrell, sua namorada Casey Niccoli e Xiola passaram em Los Angeles. O solo dessa música foi listado pela revista *Guitar World* como um dos cem melhores solos da história. Da mesma forma, "Then She Did..." narra o suicídio da mãe de Farrell, quando ele tinha apenas quatro anos de idade.

5

Os gêmeos não param de rir. No outro quarto.

O que queria que eu fizesse, Nacho, proibisse?

Nacho e você de pé na cozinha do chalé dos gêmeos. Falam baixo, quase sussurrando. Você não entende o que mudou. Por que de repente o ambiente ficou estranho. O que acontece com Nacho, por que está tão nervoso. Tudo saíra perfeito, o show em Siroco, o resto da noite, felizes, os quatro rindo, suando, primeiro no canto minúsculo que servia de backstage e depois entre toda aquela gente que os parabenizava. O resto da noite apertando mãos, dando dois beijos, valeu de verdade por ter vindo. As garçonetes os aliciam com um sorriso de cumplicidade, as garotas se viram para olhar para vocês e depois sorriem, não é isso o que sempre desejou, Polo? Ser, por um dia, alguém especial, diferente. Uma estrela. Irradiar energia, bombear essa energia ao redor. Resplandecer.

As pessoas de queixo caído, Nacho, você viu? Ficaram de queixo caído. Ninguém esperava uma coisa dessas.

Esperavam outra bandinha universitária, Polo, e o que encontraram. Foi do caralho, Blanca cantando, foi tudo do caralho. Acontece que somos bons.

Não, Nacho, nós não somos bons, somos realmente bons.

Eu falei, Polo, falei pra você não trazer minha irmã nesta casa.

É uma cozinha grande com uma mesa comprida e uma ilha central sob um exaustor de fumaça cromado. Você dá de ombros, o que queria que eu fizesse, Nacho, proibisse? É fim de setembro, uma noite cálida e perfumada, uma grande vidraça separa vocês do jardim. Mas que merda ela está fazendo lá em cima, Nacho diz entre dentes, assim que voltar vou levá-la para casa.

Mas o que foi, Nacho, ela só foi ao banheiro.

Os gêmeos riem do outro lado da porta. Nacho tem o olhar sombrio, o rosto grave.

Polo, eu falei que não queria misturar minha irmã nisto, nada de misturá-la com os gêmeos. Você fala para ele se acalmar. Diz: Nacho, calma, você está exagerando, os gêmeos estão ajudando a gente com o disco, o show foi um sucesso, está dando tudo certo.

Você, Polo, não faz ideia do que estou falando, né?

Você abre a geladeira, pega duas garrafinhas de cerveja. Abre uma e a entrega para Nacho. Então não faço ideia, Nacho, do que está dizendo. Você sorri. Sorri como um imbecil, você é um ingênuo, Polo. Nacho está certo, mas você ainda não sabe, nem imagina, por isso sorri feito um imbecil enquanto lhe passa a cerveja. Você pensa que ele está exagerando, qual é o problema de Blanca ter vindo, sabe que Nacho não gosta de usar drogas na frente da irmã, tem vergonha, mas daí a, vai, Nacho, tome uma cerveja, ela só subiu até o banheiro, não sei se percebeu, mas sua irmã já não é uma criança.

Polo, você não entende, o olhar de Nacho de repente se torna tenebroso, escuta, os gêmeos são foda.

Você ri de Nacho, ri na cara dele, sua desconfiança repentina lhe parece absurda. Os gêmeos são foda? Grande novidade, Nacho, meu caro, estão doidos? Todo mundo sabe disso, essa é a graça, não?

Não é isso, Polo, você não viu quando estão drogados, ficam loucos. Nacho continua com a expressão sombria.

Tá bom, você se desculpa, você os conhece melhor que eu, são seus amigos.

Não, Polo, não são meus amigos, meus amigos são vocês.

Você suspira, não estou entendendo, os gêmeos se dedicam a profanar túmulos ou algo assim?, viemos todos, os caras da banda, os gêmeos, García Campos e a namorada, você ria na cara dele, não ouvia, achava que Nacho superprotegia a irmã, que era paranoico e moralista. Você ria dele, tirava sarro.

Não misturar.

De repente a porta da cozinha se abre, um dos gêmeos entra se fingindo de índio, dançando como Michael Madsen em *Cães de aluguel*. Detrás dele surge Blanca, tranquila, relaxada, rindo. O gêmeo se dirige a Nacho, o chama de Nachete. Toca aqui, Nachete, diz erguendo a palma da mão. Nacho bate com sua palma na do gêmeo, o faz de forma tensa, como se se sentisse ridículo.

O gêmeo que não para de falar, o que não consegue ficar quieto, se chama Álvaro. O outro nunca abre a boca e se chama Dani. Álvaro está usando uma camiseta vermelha com as mangas brancas, Dani, uma camiseta preta do Pearl Jam. Álvaro é aberto, extrovertido, simpático. Dani permanece na soleira da porta da cozinha, taciturno, observando tudo com uma lata de cerveja na mão. Os dois são muito magros, têm o cabelo comprido e liso, castanho. Álvaro colocou um colar indígena largo, hexagonal. Ri depois de bater a mão na de Nacho. Quem podia imaginar, diz Álvaro se virando para Blanca, que sua irmãzinha seria uma estrela do rock.

Blanca ri, joga a cabeça para trás. Até parece, Álvaro, vocês é que são bons, diz.

Confia em mim, Nachete, o lance da gravadora é certeza, confia em mim, vai rolar.

Nacho diz que um passo por vez, que tem que ver, que ainda falta muito trabalho.

Não seja tonto, Nachete, conheço os caras, trabalhei com eles, sei o que estão procurando, confia em mim, está tudo acertado.

Nacho tem razão, intervém Chino, que acaba de aparecer na porta com o outro gêmeo, ainda falta muito.

A gente já vai, diz Nacho, é tarde e amanhã tenho umas coisas pra fazer.

A gente?, diz Blanca.

Eu vou pra casa, Blanca, você vem comigo, não?

O gêmeo fala: mas, Nachete, deixe a garota em paz, ela não é mais uma criança.

Não, não é isso, Álvaro, é que estou cansado depois do show, sabe como é, a gente vai mesmo nessa. Polo, o que vai fazer?

Não misturar.

Você dá de ombros, não sei, não vim de carro, vim com o Chino.

É Álvaro quem diz, fiquem, Polo, Chino, que vocês vão curtir o que vamos fazer agora.

Uma missa satânica, gêmeo?

Álvaro começa a rir, até Dani parece se divertir com o comentário. Você olha inquisitivo para Chino, posso ficar um pouco. Chino diz que ele também.

Por que não, gêmeo, um pouco, você responde, a propósito onde estão García Campos e a namorada dele?

Nacho olha para você de forma estranha, tem alguma coisa errada, Nacho?, claro que não, Polo, o que poderia haver. Nacho continua de pé na sua frente, como se tentasse ler seus pensamentos, depois se vira e começa a se despedir dos gêmeos perto da porta da cozinha. Estica a mão, depois lhes dá um abraço meio de lado.

Blanca pega sua jaqueta jeans, a veste, se aproxima. Vou nessa, diz. Depois revira os olhos, meu irmão, esse histérico, diz.

Se acaba de sair do colégio, você diz a si mesmo.

Se faz quatro dias, diz a si mesmo.

Você se lembra dela montada na bicicleta, invisível, vocês fumando no parque da cidade, bebendo latas de cerveja e arrotando, não paravam de falar da banda que montariam, nem sequer tinham os instrumentos, mas já naquela época só falavam naquilo.

Blanca dá umas batidinhas com o dedo no vidro do relógio. Olha para você, acho que fodeu meu relógio, Polo. Ela se apoia no balcão ao seu lado, que horas são, Polo. Você olha na cara dela, seus olhos se encontram com os dela, negros e brilhantes.

Quatro e meia, Blanca, tá chapada?

Blanca aproxima o relógio do ouvido, deve ser a pilha, diz.

Tá chapada?

Blanca tira o relógio e o sacode um pouco, bebi um pouco demais, diz, e o Álvaro me chamou para cheirar uma carreira.

Você bufa, seu irmão vai ficar puto.

Meu irmão não precisa ficar sabendo.

Você não é um porra de um dedo-duro, Polo.

Você ri.

Diga que não, Polito, diga que não.

Ela pisca para você. É só uma menina, você diz a si mesmo. Há quatro dias, invisível. E agora, Polo, passa a seu lado e pisca, você tem vontade de segurá-la pelo braço, vontade de sacudi-la, vontade de dizer: pare de bancar a idiota, Blanca, pare de provocar todo mundo. Mas você não faz nada. Seu olhar cravado no dela. Vontade de, você dá de ombros, faça o que quiser, Blanca, eu não sou seu pai.

É assim que eu gosto, Polo, não seja um porra de um dedo-duro.

Nacho se aproxima, vocês trocam um aperto de mãos.

Não faça besteira, diz Nacho, não faça nada que eu não faria. Nacho estica o polegar e o dedo indicador em forma de pistola. Quer parecer relaxado.

Tranquilo, Nacho, vamos ficar numa boa, você fala no mesmo tom.

Então beija Blanca no rosto.

Tchau, Polo.

Se cuida, Blanca.

Amanhã a gente se vê no ensaio, diz Nacho, não cheguem tarde.

Você levanta a palma da mão para se despedir, então os vê sair da cozinha e se dirigir até a porta externa do jardim.

Chino olha para você, que merda está acontecendo com o Nacho, não cheguem tarde? Ficou maluco? Se é sempre ele quem chega por último.

Sei lá, Chino, ficou assim a noite toda.

Álvaro se aproxima de vocês, mostra uma pequena ampola, querem? É ecstasy líquido.

Você aponta para a ampola, é este o famoso fim de festa que tinha reservado para a gente?

Álvaro ri, nega com a cabeça, o que está dizendo, Polo, este é só o aperitivo, depois vem o prato principal. Durante um tempo ele fica fazendo mistério, você lhe pede para deixar de besteira e ir direto ao ponto. Vamos, gêmeo, pare de enrolar.

Vocês gostam de mágica?, ele por fim pergunta, não me olhem assim, começa a rir, todo mundo gosta de mágica.

Normal?, o psicólogo nega com a cabeça, Rubén, você realmente acha que tudo isso que me contou é normal? Ele o atravessa com seus olhos cor de aço. Não acha que deveria ter me contado isso no primeiro dia, Rubén? Não acha que é um dado relevante para a terapia?

O gêmeo os conduz pelo interior do chalé. Fechem os olhos, diz, façam um pedido. O gêmeo dá uma olhada estranha para vocês por cima do ombro, o ecstasy suaviza as superfícies, você não sente seus passos no chão.

Vamos, caras, pensem em algo que desejam muito, o que mais gostam, vamos, porra, um exercício de imaginação, o gêmeo vira em um corredor, vocês o seguem até o andar de cima, a esteira rolante com uma inclinação de quarenta e cinco graus, você se vira para Chino, um sorriso pacífico ilumina seu rosto, confiante, bobo, dá de ombros. O ecstasy faz com que as paredes do corredor tenham uma consistência elástica, tensa, curva. Um pouco de mágica, o gêmeo diz e ri. Um pouquinho, não muito, diz ele enquanto abre a porta do quarto e se afasta para que possam ver o que há ali dentro.

Mas que merda é essa, gêmeo.

Mágica, diz o gêmeo eufórico e começa a rir. Uma camada de luz varre o quarto às escuras, a televisão ilumina de azul umas silhuetas caídas, luz azul verde amarela, ondulante, como se depurada através de um aquário. Pôsteres nas paredes, uma cama grande com uma colcha de xadrez escocês, dois corpos caídos. Você acende a luz.

Ei, caras, não vão embora ainda.

Ei, caras, façam um pedido.

Ei, caras, gostam de mágica?

García Campos adormecido no centro da cama. De barriga para cima, pesado, com a boca aberta, a garota encolhida a seu lado, paralela a ele, com o rosto voltado para a parede, em posição fetal. O vestido preto sem mangas, a saia um pouco erguida sobre as coxas, o cabelo loiro cobrindo seu rosto. O gêmeo assobia em um gesto de assombro.

Não pensa, não quer pensar, espera uma explicação. Através da janela do quarto, vê o jardim vazio, ainda iluminado pelos refletores da varanda, algumas cadeiras de praia dispostas em semicírculo.

Gêmeo, o que significa isso.

Um pouco de mágica, porra, o gêmeo agita uma cartela de pequenas pílulas brancas. Minúsculas. Aproxima-se de García Campos e tenta movê-lo, mas não consegue.

Mágica, porra, nunca ouviram falar de mágica?

O gêmeo solta García Campos após puxá-lo um pouco e seu corpo cai de novo contra a cama como um boxeador nocauteado. O que fazemos com ele, o gêmeo está de pé com as mãos no quadril, venham, me ajudem. Você se aproxima. Com o olhar percorre furtivo as costas da garota, o pescoço, suas omoplatas, respira profundamente. Não queria que acontecesse, mas sentiu uma longa contração no estômago, como uma descarga elétrica de baixa intensidade. A pele eriçada. Dois copos de plástico sobre o criado-mudo, um deles, caído, ainda goteja no chão.

O gêmeo pede que o ajudem a tirar García Campos da cama, não quer que ele fique ali atrapalhando. Vocês não tinham que ter tomado ecstasy. Teriam ido, teriam rido, teriam perguntado ao gêmeo: mas o que é isso, gêmeo, García Campos é um idiota do caralho, mas nem por isso vamos, nós três, erguê-lo e tirá-lo da cama. O gêmeo o puxa enquanto você e Chino o levantam, a cabeça pesada cai para trás, vamos, porra, se mexe, que você não manda nada nesta festa, o gêmeo passa o braço por trás dos ombros dele. Coloquem no corredor e deixem aí no chão, apoiado contra a parede. O queixo no peito. Como um santo, diz o gêmeo e morre de rir.

Por que você deu a volta, Polo, por que seguiu Blanca, por que falou com ela, por que não continuou seu caminho, esqueceu. Por que na boca do lobo. O que você esperava, Polo, remexendo no passado, o que esperava, sair ileso? Não, Polo, nem você é tão estúpido, tão ingênuo, sabia que o passado o esmagaria, o queimaria, mas ainda assim, Polo, sem nenhuma necessidade, sem obrigação. Ainda assim, você tinha de se virar, tinha de alcançá-la quando estava a ponto de entrar em casa. Chino sacode a garota pelos ombros, acorda, vamos, acorda, se vira para você, nega com a cabeça, não reage.

O gêmeo se agacha perto de García Campos. Como um santo. Então fecha a porta, a tranca e ficam os três de pé olhando para a garota que dorme de costas, encolhida em si mesma, paralela à beirada da cama. É o gêmeo que diz: a garota mais gostosa do Ces. E é você que olha para ele com um sorriso congelado nos lábios, grotesco, e o gêmeo, gritando, mas puta que o pariu, a garota mais gostosa do Ces na minha cama. E é você que a observa respirar, que vê suas costas subirem e descerem a cada respiração.

O psicólogo segura os óculos por uma haste, olha para você em silêncio, então você não fez nada? Rubén, você ficou de fora?

De fora? Esperar sua vez é ficar de fora?, ela começou a vomitar e a se afogar antes que chegasse a minha vez, isso é ficar de fora?

Eu falei pra vocês, Polo, Chino, disse para fecharem os olhos e fazerem um pedido, disse ou não disse, filhos da puta?, o coração batendo forte, aqui está, Polo, seu desejo.

Meu desejo?

Você percebeu, Rubén, que várias vezes insiste em chamá-la de garota loira em vez de Gabi? Como se fossem duas pessoas diferentes, como se o seu cérebro se esforçasse para separar a vítima da pessoa que ama, que vive com você.

Muitas vezes penso que foi um sonho, um filme, uma alucinação, que nunca aconteceu, muitas vezes vejo tudo assim, como uma alucinação.

Mas, cara, gêmeo, conhecemos o García Campos desde criança, como vamos fazer uma coisa dessas com ele.

Mas qual é o seu problema, Chino, é veado ou o quê? Pode meter, é sério, ela não vai perceber nada, vai demorar umas oito horas para acordar, pela manhã vai se levantar como uma rosa, com a cabeça tranquila, com fome, ai, que vontade de tomar café, hummm.

Sem dor, sem estrago. Nada existe sem consciência.

Cuidado com uma coisa, diz o gêmeo com a cara vermelha e sem camiseta, há regras. A primeira se chama camisinha, a segunda lubrificante. Não podemos deixar rastro, isto não é nenhuma brincadeira.

O gêmeo sobe as calças, ofegando, está com o rosto brilhando, vou deixar vocês, vou tomar uma cerveja. Cuidado, há regras, diz colocando a camiseta, fecha o botão do jeans e depois enfia a mão no bolso. Tira duas pílulas brancas muito pequenas, muito menores que uma aspirina, e as coloca na palma da sua mão. Deixo isso para vocês, caso ela comece a acordar. Se começar a acordar, o que não vai acontecer.

Meu desejo?

O que foi, Polo, não fique com esta cara, o gêmeo também tomou ecstasy, fala muito devagar, o olhar perdido, não gosta mais ou o quê, um instante atrás você não conseguia tirar os olhos dela e agora. Polo, se começar a acordar, você dá as pílulas, tritura primeiro com um isqueiro e depois dissolve o pó num líquido qualquer e pronto, manda pra dentro. Se ela não abrir a boca, você tampa um pouco o nariz.

Chame de casualidade, chame de acaso, o psicólogo move os óculos no ar, o importante, Rubén, é que naquela noite você ficou de fora.

Sim, de fora, mas me diga, esperar sua vez é ficar de fora?

Juro pra vocês que amanhã ela não vai se lembrar de nada, Chino, Polo. O gêmeo fecha sua mão com as pílulas dentro.

Juro, mente vazia, nada. Como uma rosa.

O gêmeo que urra, que esfrega o pinto por cima do jeans, que se move de um lado para o outro do quarto, como em uma jaula, ri feito louco, o gêmeo que se senta na beirada da cama, que tira o cabelo loiro do rosto. O gêmeo que a faz virar até ficar de barriga para cima, o pescoço relaxado, os olhos fechados. Você observa os lábios da garota, entreabertos. O gêmeo a solta, se levanta e volta a olhar para ela, fecha os punhos, porra, colegas, é foda.

O que você sentia, Rubén, enquanto olhava.

E a terceira regra, rapazes, a mais importante de todas, nunca, nunca, sob circunstância nenhuma, nunca deem algo de comer depois da meia-noite, o gêmeo ri histérico, urra, está louco, um animal enjaulado, sorri como um lobo, diz que é a garota mais gostosa do Ces e que ela está na sua cama, esfrega o pau por cima da calça, é foda, colegas.

Esqueça o gêmeo, Rubén, o que você estava sentindo.

O gêmeo volta para junto da cama e começa a desabotoar o vestido preto. Você, de pé, observa.

O que me interessa é o que você estava sentindo. Você, Rubén, o que você estava sentindo.

Você não quer, mas sua garganta fica seca.

O pulso do gêmeo treme um pouco enquanto desabotoa os pequenos botões do vestido. A boca seca, de repente faz calor. Você não quer, mas tem uma ereção. A pele eriçada, como se uma serpente de bem-estar apertasse seu peito. Não sente asco nem repugnância, só olha, não pode tirar os olhos das mãos trêmulas do gêmeo sobre os minúsculos botões do vestido chinês. Não quer, mas sente calor, não quer, mas olha o decote, o peito comprimido pelo sutiã, e desce o olhar pela coluna de botões abertos que pouco a pouco, trabalhosamente, vai mostrando o ventre muito branco. Culpa e desejo, era isso o que sentia.

Não quer, mas imagina a consistência de sua carne, o cheiro do cabelo entre seus dedos, o tecido enrugado do vestido, a tensão da tira do sutiã nas costas, o calor úmido de sua boca. Não quer, mas respira fundo e fecha os olhos.

Não quer.

Quer sim, Rubén. O psicólogo olha em seus olhos, abre as duas mãos na sua frente, levanta a direita, este é seu cérebro primitivo e ele deseja, deseja intensamente. Depois ergue a outra palma, e este é seu cérebro racional, que sabe que o que vocês estão fazendo não é correto. Você queria, Rubén, e podia, nada o impediu. No entanto, não fez. Queria, claro que queria, mas não fez. Rubén, é importante que não tenha feito.

Mas não está me ouvindo?, a garota começou a vomitar, eu estava esperando a minha vez, pode acreditar, foi por acaso. Por deus, eu estava excitado.

O psicólogo se cala, crava os olhos azuis em você, quase cinzas, mantém uma expressão séria, há algo que não se encaixa, Rubén, algo que não vejo com clareza, foi como um milagre, de repente um *deus ex machina*, sabe o que é um *deus ex machina?*, claro que sim, pois foi isso, uma força alheia à sua vontade intervém do exterior para salvá-lo, sabe o que se sente quando algo assim acontece?

O gêmeo acaba de desabotoar o vestido preto e abre, puxa, a roupa íntima não combina, o sutiã preto, a calcinha rosa, as coxas longas e cilíndricas tremem quando ela é arrastada para o centro da cama. O gêmeo se vira para vocês, quem quer começar? Chino olha para você. Agora, com o tempo, você acredita que é uma súplica. Agora, com o tempo, lê uma súplica em seu olhar, uma consistência moral no brilho nervoso de seus olhos, agora pensa que estava horrorizado. Você não está horrorizado, fica tenso, excitado, mas não há repugnância em seu olhar, só fascinação. Chino não se move, nem você. Chino olha suplicante para você, mas ele também tem uma ereção pontiaguda nas calças.

Você não quer.

Sim, sim, você quer, Rubén, não negue, o psicólogo projeta o corpo para frente na cadeira, se inflama, enfatiza suas palavras, você deseja, é instintivo, é sua natureza animal, é um reflexo, nada a ver com sua racionalidade, com seu ser moral. Independentemente do ser racional que é, o animal em você quer, quer montar nela, arrancar sua roupa, é sua natureza primitiva, mas você não faz isso, Rubén, pode chamar de milagre ou como quiser, acaba não fazendo e, no entanto, o que sente? Não vejo alívio, o que vejo, e vejo isso por todos os lados, é culpa.

Chino olha para você com expectativa. Você encolhe os ombros.

No fim das contas, Chino, ela nunca vai saber de nada, não é mesmo, gêmeo?

O gêmeo abaixa as calças, usa uma cueca boxer quadriculada, certeza absoluta, Polo, que nunca vai saber de nada. O gêmeo pisca.

Não acredito em você, Polo, por que está mentindo.

Sinto muito, Blanca, de verdade, sinto muito, quando fui embora vocês dois estavam em perfeito estado. Não havia mais ninguém na casa. Sinto muito, de verdade, acredite em mim, deve ter sido ele.

Onde está seu alívio, Rubén? Não vejo alívio em lugar nenhum.

Mas você disse que os gêmeos voltaram essa noite, você disse ao meu irmão que você mesmo abriu a porta para eles.

Assim, quando Gabi começou a se afogar, vocês a colocaram no carro do Chino e a levaram para o hospital.

Sim, não, na verdade não foi preciso, ela começou a melhorar no caminho.

O que fizeram depois, a levaram para casa?

Voltamos para a casa dos gêmeos, a colocamos na cama com seu namorado, tiramos a roupa dele também, creio que tudo ficou misturado em uma enorme ressaca.

E então, muito tempo depois, você a procurou e se casaram.

Não, não nos casamos.

Mas vivem juntos? São um casal.

Você concorda.

E isso, Rubén, parece normal para você?

Blanca, eu estava ali, os gêmeos nunca voltaram. Disseram que iam voltar, mas nunca voltaram.

Não acredito em você, Polo, é impossível, ele disse isso? Preciso saber se o Nacho falou essas palavras, se você as escutou saindo dos lábios dele, assim como está me contando.

6

Vai pedir uma taça no Sol, a música muito alta, você caminha abrindo passagem entre as pessoas, uma garota se vira e sorri, é sexta-feira, muito tarde. Você o vê de repente, apoiado de costas no balcão. Você para, duvida, talvez ainda possa desaparecer, retornar por onde veio. Talvez fingir que não o viu, se apagar, apagar tudo, ainda não aconteceu nada, deixar o passado enterrado, intacto, em sua cova. Então Nacho se vira e interrompe a varredura dos olhos sobre você, o reconhece no mesmo instante. Você sorri, se aproxima, estende a mão, há quanto tempo, amigo, um milhão de anos que não nos víamos. Nacho a aperta devagar, vocês se olham nos olhos. Uns olhos foscos.

Você está bem, Polo, ele diz. Vocês não largam as mãos.

Olha para ele e se cala. Cala-se porque qualquer coisa que dissesse soaria ridícula, qualquer coisa agradável, algo como você também parece bem, Nacho, qualquer coisa soaria ridícula.

Como se golpeado, você avança pelas ruas desertas de Malasaña, quanto tempo ficou sentado naquele boteco com Blanca, falando, contando tudo, vomitando tudo, tempo demais, agora se sente enjoado, o álcool subiu à cabeça, o estômago vazio. Blanca morde o lábio e nega com a cabeça, não acredito em você, Polo, não é verdade, ninguém nunca me amou tanto quanto ele. Você não devia ter bebido, Polo, com o estômago vazio, agora se sente enjoado, devia ter comido alguma coisa, pálido, tonto, é tudo verdade, Blanca. Devia ter ido embora logo, Polo, não devia ter deixado que o convencessem, dois beijos, prazer em te ver, Blanca, devia ter recusado seu convite. Você olha a hora, Gabi deve estar preocupada, é muito tarde. Eu adorava vocês, Polo, eram meus amigos. Gabi deve estar vendo televisão em casa, preocupada, deve olhar toda hora a tela do celular. Espantada e preocupada. Em casa. Não, Polo, o que você está me contando é impossível, deve haver algum erro.

Nacho, como você está, eu nem sabia que estava na rua.

Nem ideia, Polo, sim, faz uns meses, bom comportamento, lhe surge um sorriso amargo nos lábios, você não faz nem ideia.

O que quer beber, Nacho, estou com sede.

Você se vira para o balcão, chama o garçom com um gesto. Nacho lhe mostra o copo quase cheio, estou bem, peça você. De repente ele sorri, a expressão dele muda, se humaniza, você está bem, safado, de verdade, de terno e gravata.

Estou vindo direto do trabalho, é aniversário de uma colega.

Você parece um vencedor, malandro, onde está trampando?

Não, de jeito nenhum, não me casei não, saio com uma garota há uns anos. Vivemos juntos no centro, em uma das ruazinhas que dão na Olavide.

Nunca se perguntou, Polo, por que tudo aconteceu de uma determinada maneira. Se poderia ter sido de outra forma? Vai se foder, no banco, Polo?, mas você dizia que preferia morrer que trabalhar em um banco, que preferia cortar o saco que trabalhar com seu velho.

Pois veja só, Nacho, o mesmo banco onde trabalhava meu pai. Estive nos Estados Unidos, trabalhei em vários lugares, depois voltei e é isso, na porra do mesmo banco.

No fim das contas você caiu, tanto falou que, mas de todo modo parece muito envolvido com o papel, terno, gravata, corte de cabelo moderno. Com estilo, Polo, você sempre teve estilo, safado. Nacho ri, humano, seus olhos brilham. Tantas vezes você disse que nunca, que antes se jogava de uma ponte, e olha agora.

Dissemos muitas besteiras, Nacho.

Fizemos muitas besteiras, Polo. Naquela época.

Sempre pensei em telefonar para você quando voltei, ir visitá--lo, mas no final, entre tantas coisas.

Eu sim, Polo, me perguntei muitas vezes, por que as coisas acontecem como acontecem? Onde foi que cometi o erro que me levou a, Nacho hesita por um segundo, a toda esta merda que virou a minha vida.

E a sua irmã, Nacho, como está? É estranho eu nunca ter cruzado por aí com ela, esta cidade é tão pequena.

Ninguém está preparado para uma coisa dessas, Polo, a gente sai para festejar com os amigos, vai à universidade, escuta música, o dia todo ouvindo música, começa uma carreira, coloca uma camisa no Réveillon, monta uma banda, faz uns shows, vai ao Bernabéu e comemora os gols do Madrid, a gente tem amigos, caras legais, cheira umas carreiras, toma umas pílulas, nada do outro mundo, o que muitos outros fazem, a maioria na verdade, e de repente a gente se vê entrando na prisão.

Quer conhecer o pessoal do banco?

Polo, você não faz nem ideia, não pode nem imaginar o que é estar lá dentro. A Blanca está bem, acho que ela é feliz com o Chino, sabe, é como um pesadelo, acabar com o rei do karaokê como cunhado, sabe o que o Chino faz agora?

Não, você não a conhece, Nacho, estou feliz com ela, é linda, realmente linda, loirinha, olhos azuis. É advogada, inteligente, divertida. Feliz, sério, o que mais posso pedir.

Você sabe, Polo, o que é a lei da prisão?

Veio sozinho, Nacho?

Não, com uns amigos, mas já foram embora. Essa moreninha está com você?

Você se vira para o grupo formado por seus colegas do banco, Mila? Sim, trabalha comigo, hoje é aniversário dela.

Gostosa, não?

Sim, muito. Casada.

Você trepa com ela, Polo?

Claro que não, é casada, tem um filho.

Nacho ri, te agarra pela nuca, de repente parece alegre, alegre em vê-lo, em tê-lo encontrado. Polo, porra, você está muito bem, seu safado, estou falando sério, você está na crista da onda.

Não, nem ideia, o que o Chino faz.

Documentários sobre a natureza, cara, Polo, você entende? O Chino filmando documentários sobre animais, ele que nunca teve nem um cachorro nem um hamster.

A gente se divertiu, Nacho, nos 90. Foram nossos anos. Vai se foder, Nacho, nem uma porra de um canário o veado do Chino tinha, e você lembra se alguma vez ele falou de ir ao interior?

Ele fez alguma coisa de cinema depois da faculdade, uns cursos, um mestrado, sei lá, abriu caminho por aí, mas, Polo, cara, que não me venha o Chino falar de natureza, das porras dos bichos, só teve uma coisa que ele adorou a vida toda, e essa coisa é música, não me venha agora com natureza. A gente não tá preparado, Polo, lá dentro o que você aprendeu não serve pra merda nenhuma, é a lei do mais forte, os funcionários não se metem nas coisas dos presos, é a primeira coisa que você aprende, você está sozinho.

Venha, Nacho, eu te apresento.

Não, Polo, deixa pra lá. Melhor em outra ocasião, hoje não estou muito sociável. Tem alguma coisa com você?

Do que você está falando, Nacho, faz anos que não tomo nada, nem me lembro do último baseado. O que está bebendo, Nacho, porra, estou morrendo de sede. Gim-tônica? E a Blanca? Toca com alguém? Do que você quer, Nacho, de Beefeater?

A lei da prisão, Polo, os ladrões são roubados.

Os aviões já não vendem, compram.

Os assassinos são deixados em paz.

E os estupradores. Sim, Beefeater está bom. A Blanca tinha uma bandinha, nunca a ouvi tocando, mas eu gostava do nome da banda: The Limusines. Nacho marca a palavra com um gesto como se fosse um rótulo luminoso, sempre me pareceu um nome elegante, clássico, acabou, agora não toca com ninguém que eu saiba.

Então o veado do Chino se dedica a gravar animais em vídeo.

Nacho assente e vira sua tônica no copo, de repente fluorescente.

Não que seja câmera ou algo assim, ele é produtor. Tive que levá-la nos braços ao hospital, minha própria irmã, não conseguia andar, os lençóis manchados, tudo cheio de sangue.

Não acredite nisso, Nacho, no fim das contas você até gosta do banco, se acostuma, é como tudo, acaba acostumando. Com o tempo a gente se acostuma com qualquer coisa. Não é tão ruim assim. Você está trabalhando?

Acordei com a mente em branco, não conseguia me lembrar de nada da noite anterior, não disse nada dos gêmeos à polícia, o que você me contou, que os gêmeos tinham voltado, fiquei com medo, disse que não sabia de nada, quatro coisas, impostos, ICMS, sociedades, contabilidade básica, administrativo, mas o que você quer, você já imagina assim que conta que esteve preso. Nem me lembro, Polo, vi aquela fita mil vezes e nem vendo consigo me lembrar daquela noite.

É muito tarde, Nacho, você diz deixando o copo vazio sobre o balcão, vou para casa.

O que por fim compreendi, Polo, é que não foi azar, sei que fizemos muitas coisas, que a gente exagerou, mas no começo eu não entendia por que estava passando por aquilo. Chorava. Não. Não de pena, de puro medo. Chorava de verdade. Não é modo de falar, Polo, eu chorava feito criança, porra, você não tem nem ideia do que é isso.

Tenho que ir, Nacho, é muito tarde.

Não foi um erro, não foi azar, era isso que eu não entendia, Polo, foi toda uma trajetória, uma forma de pensar, nossa forma de nos comportar, tomamos as decisões erradas, não foi uma coisa isolada, era evidente que cedo ou tarde.

Se cuida, Nacho, e manda um abraço para a sua irmã quando encontrar com ela.

Tínhamos perdido o controle, dava para ver, você teve sorte de se mandar para os Estados Unidos, a gente não seguia nem as normas básicas, deixávamos as garotas meio nuas em qualquer lugar, não foi azar, Polo, era questão de tempo até sermos pegos. Aqueles estúpidos tinham uma porra de uma videoteca em casa, se gravavam transando com as garotas dormindo, tinham tudo em VHS, com datas, nomes, tudo bem marcado. Em uma das fitas eu aparecia.

Combinado, Nacho, te ligo esta semana. Sem falta.

Vi essa fita um milhão de vezes, Polo, na qual eu apareço, vi até memorizar, estava tão chapado que nem vendo um milhão de vezes eu me lembro de alguma coisa.

7

Você acorda. Ainda é noite, muito cedo, ouve ao longe o rádio no banheiro, as notícias, a voz quase inaudível do locutor, monótona a distância, depois o secador, intermitente, como um arrulho. Gabi anda pela casa, coberta, você imagina, por um roupão, o cabelo molhado envolto em uma toalha, talvez já esteja vestida, se olhando no espelho, pintando os lábios, emoldurada pelos cantos arredondados de vapor. Você finge estar dormindo quando Gabi, de roupa íntima, entra no quarto e começa a se vestir, por que lhe é tão reconfortante, tão cálido, o fracasso, a queda, se deixar cair, desmoronar, que ela vá embora se quiser, alugar outra casa, começar de novo, fugir, para que esse abandono, apático, sedado pela renúncia, viver sozinho, sem complicações, deixar de lutar, exausto, deixar-se ir, pode ser que Gabi tenha razão, você não sabe amar, nunca conseguiu, imitar os gestos, as atitudes carinhosas dos demais, isso não é amar, aprender a fingir, imitar a normalidade, se deixar levar, afundar-se docemente, renunciar, você sente que ela se inclina sobre você, lhe dá um beijo, coloca a mão no seu rosto, vou trabalhar, meu amor, te amo.

Você finge estar dormindo.

Talvez ela tenha razão, talvez você nunca tenha amado ninguém.

Gabi o abraça pelas costas, nus na cama. Lá fora está entardecendo, a luz fica espessa, amarela, se concentra e escurece como se tudo estivesse oxidando, ela lhe pergunta sobre o futuro, é uma pergunta trivial, uma pergunta lançada ao ar como uma moeda.

Futuro, Gabi?, você estranha. Que futuro?, você nota como a pele quente dos peitos dela roça na superfície fria de suas costas, não entendo o que você quer dizer com futuro, o que significa a palavra futuro nestas circunstâncias, Gabi.

Que circunstâncias, Rubén, que você se afasta cada vez que o toco, que se afunda em uma tristeza sem fim a cada beijo, a cada carícia, você não gosta mais de mim, Rubén, é isso?

Você percebe o olhar de Gabi em seu perfil, tensa, vibrante, prestes a desabar.

É só que eu, é como se alguma coisa dentro de mim não funcionasse bem, é como se a razão não bastasse, como se saber racionalmente que amo você e que gosto de você, como se isso não fosse suficiente, como se meu corpo se negasse a admiti-lo.

É que não é suficiente. Gabi nega com a cabeça, não, não, não, não é suficiente, Rubén, ela vira o rosto para a janela, agora é ela que oferece o perfil na contraluz, você lê sua amargura, a humilhação, lê isso na contração dolorosa de seu rosto.

Sempre acontece a mesma coisa, Gabi, tudo acaba, se corrompe.

Às vezes, Rubén, acho que você nunca amou ninguém, amar de verdade.

Que não consegue.

Que tem algo dentro de você que o impede de amar outra pessoa.

O cara coloca as mãos nas têmporas, tira os óculos de hastes metálicas, fecha os olhos.

Você se desculpa, se justifica, creio que devia ter falado disso antes, mas até certo ponto é normal que os casais tenham seus problemas.

Normal, Rubén? Após tê-la drogado, e depois entre quantos, quatro? cinco?, depois disso, tê-la escolhido como namorada, Rubén, isso parece normal para você?

Mas você acabou de dizer que, fosse o que fosse, eu tinha de dizer.

Rubén, o cara nega com a cabeça, o que me interessa é saber por quê.

Não tenho certeza, como saber exatamente onde tudo começou, quando, por quê, naquela época não só eu, todos estávamos perdidos, aconteceu da noite para o dia, não fui capaz de ver a coisa vindo, de repente você abre uma porta, acende a luz e ali está o mal.

Não, Rubén, não me refiro a isso, o que quero saber é por que a escolheu dez anos depois. Em vez de fugir do passado, de seus remorsos, por que volta dos Estados Unidos e enfia sua culpa para viver em casa, se deita com ela. Por que, Rubén, por que você a procurou precisamente dez anos depois.

Porque a Gabi é a garota mais linda que já vi na vida?

O psicólogo ergue o dedo indicador e depois o move da direita para a esquerda, não, Rubén, essa não é a resposta, pense, por que, por que precisamente ela.

Chino liga para você, sua mãe o acorda com o telefone sem fio na mão, é para você, diz. A luz do meio-dia entra pelas frestas da veneziana do segundo andar, o que foi, Chino, estou com uma ressaca dos diabos.

Desça, estou te esperando na porta da sua casa.

Mas do que você está falando, Chino, não enche o saco. Que horas são, vem mais tarde e a gente vê um filme, estou morto.

Polo, o que aconteceu ontem à noite.

Sei lá, Chino. Um pouco de tudo, como sempre.

Polo, a Blanca está no hospital. Os pais do Nacho chamaram a polícia, a casa deles está uma puta zona, estou vendo daqui, a Blanca não consegue andar, Polo, que merda aconteceu depois que fui embora.

Mas o que você está dizendo, ela está bem? A Blanca está bem?

Sim, está no hospital, mas acho que está bem, o Nacho disse que ela não conseguia andar, que estava sangrando quando a encontrou, que teve que levá-la nos braços até o hospital, ele está muito nervoso, não lembra de nada, a polícia não para de perguntar. Que merda aconteceu ontem à noite, Polo?

Nada, porra, puxei o carro e vim pra casa, nada, pergunte ao Nacho.

Você não está me ouvindo? Ele não lembra de nada, acordou com a mente em branco, os gêmeos não estavam lá quando você foi embora? Disseram que iam pegar alguma coisa e que logo voltavam. Você os viu?

Os gêmeos, Chino?

O Nacho acha que foram os porras dos gêmeos, ele não lembra de nada, acha que o drogaram, que ficaram doidos, ele me perguntou se deixamos os caras entrarem.

A luz do entardecer fica espessa, amarela, se concentra, faz com que a pele de vocês de repente pareça dourada, perfeita, olha para Gabi e ela olha para o lado de fora. Depois fala.

E se isso não tem a ver com amor, Rubén, com o que tem a ver então?

Não sei, Gabi, com o vazio, com o nada, é essa sensação de areia movediça, cada esforço para sair te afunda mais, sinto necessidade de mudar alguma coisa, mudar o que for, mudar mesmo que para isso tenha que destruir tudo, que arruinar minha vida.

Não pode deixar nem por um segundo de usar metáforas, Rubén? Quer terminar? É isso?

Então ela vira o rosto para o seu lado e é você que precisa desviar o olhar.

Chino, juro que deixei os dois dormindo, estavam perfeitos.

Não, Polo, porra, não estou dizendo que está mentindo, Polo, porra, só estou pedindo que ouça o que está dizendo, porra, pense bem o que significa isso que está dizendo.

Talvez você tenha razão, Gabi, talvez eu deva procurar um psicólogo, talvez no fim das contas você tenha razão e eu nunca tenha amado ninguém e, Gabi, talvez eu tenha perdido algo nesses anos, antes tudo me fascinava, me deslumbrava, em 1997 o mundo era um espetáculo surpreendente e agora tudo me dá nojo.

Meu deus, Rubén, quer parar de falar de 1997 de uma vez por todas, às vezes me pergunto que raios aconteceu em 1997 para que você tenha sido tão feliz.

Na verdade, Gabi, você devia se perguntar o que aconteceu em 1998 para que, de repente, tudo virasse uma merda.

CD TRÊS
SURFER ROSA

SURFER ROSA, PIXIES
(1988, 4AD)

Surfer Rosa é o primeiro disco de longa duração da banda norte-americana de rock alternativo Pixies, lançado em 21 de março de 1988 pela gravadora independente britânica 4AD. Os temas incomuns das letras, a gravação experimental, a produção de baixa fidelidade e um som de bateria inédito, em grande medida graças ao engenheiro de som Steve Albini, ajudaram a fazer deste um álbum único.

As letras de *Surfer Rosa* incluem temas como mutilação, em "Break My Body" e "Broken Face", ou super-heróis, em "Tony's Theme". Podem ser encontradas referências a Porto Rico e letras em espanhol em "Oh My Golly!" e "Vamos". "Cactus" é narrada por um cara preso que pede à namorada que manche o vestido de sangue e envie para ele pelo correio. "Gigantic" é "uma leve canção de elogio a um homem negro bem-dotado" e se inspira no filme de 1986 *Crimes do coração*, no qual uma mulher casada se apaixona por um adolescente. A inspiração de Black Francis para escrever "Where Is My Mind?" veio depois de fazer mergulho no Caribe. "Um pequeno peixe começou a me perseguir. Não entendi muito bem por quê, não sei muito sobre o comportamento dos peixes."

8

Santa Fe é um bar?

Culpa. Desejo. As duas coisas.

Desculpe, você disse que estavam na casa dos pais de Nacho? Pensei, Rubén, que tudo tinha acontecido na casa dos gêmeos.

Sim, Santa Fe é um bar, em Malasaña. Não, não, duas casas, duas noites, duas garotas; Gabi e Blanca, são duas noites diferentes.

Corrija-me se estiver errado, Rubén, o psicólogo se recosta na cadeira giratória, corrija-me, Rubén, mas acho que você nunca me disse por que a banda acabou, o que aconteceu.

O gêmeo encara você, venha, não seja idiota, Polo.

Mas o que significa isso, gêmeo.

Você escolhe uma.

Uma o quê?

O quê, Polo, porra, uma mina, diz o gêmeo apontando com o queixo as pessoas que dançam no térreo do Siroco, a que mais gostar, a mina mais gostosa que veio ver o show. Essa? A loira? A namorada do García Campos?

Acho que me perdi, Rubén, achei que o que aconteceu com Gabi tinha sido um fato isolado, e agora você está me dizendo que são duas noites, que com Blanca aconteceu algo parecido uns meses depois.

Não, não disse que foi parecido.

O que aconteceu, Rubén, por que a banda terminou, você nunca me falou sobre isso. Chino era o seu melhor amigo, e de um dia para o outro. Você mesmo disse que agora é como se ele estivesse morto para você.

Fui estudar nos Estados Unidos. Deixei a banda porque depois de acabar a faculdade fui para os Estados Unidos, fiz um mestrado, bancos internacionais.

Então você se interessava por finanças, Rubén? Eu tinha a impressão de que odiava isso, de que só a ideia de trabalhar em um banco revirava seu estômago.

Meus pais queriam que eu fizesse, estavam me pressionando, queriam me afastar de todo aquele ambiente, não são tontos, embora fossem incapazes de imaginar noventa por cento do que ocorria, com os dez por cento tinham de sobra, eu não queria deixar a banda, era a minha vida, íamos gravar um disco, tudo que me importava estava ali, mas no fim eu.

Então por que largar tudo e ir para os Estados Unidos fazer algo que odiava. Estava fugindo?

Eu não achava que o gêmeo estivesse falando sério, ele me perguntou de qual eu gostava, nunca pensei que, você tira o casaco, o psicólogo pergunta como você está, se senta, trocam algumas frases de cordialidade, como foi a semana, bem, bem, tudo bem. Depois o cara olha para você em silêncio. Repassei as últimas sessões, Rubén, há duas coisas que não me estão claras, uma delas é Claudia, o que aconteceu com ela, por que parou de telefonar.

Você dá de ombros, não sei, não me lembro, pouco importa. A Claudia não tem nada a ver com isso.

Você a drogou, a Claudia?

Não, claro que não. É sério, a Claudia não tem nada a ver com essa história.

Mas era sua namorada quando ocorreu a coisa dos gêmeos.

Já fazia uns meses que tínhamos nos separado, me custou muito terminar, não tinha coragem de falar na cara, não me comportei muito bem com ela.

Tente se lembrar, Rubén, os detalhes são importantes, o que sentia enquanto estava lá observando.

Culpa, presumo, e desejo, as duas coisas ao mesmo tempo, misturadas, nada, com a Claudia não aconteceu nada, um dia discutimos e ela nunca mais voltou a me ligar, simplesmente não funcionou, às vezes acho que. É como se a Claudia nunca tivesse existido, como se tivesse sido totalmente apagada da minha memória.

Por que se sentia culpado? Tente ser mais preciso, pense, tente se lembrar, encontrar as causas.

Por não salvá-la, creio, culpado por não impedir. Culpado por estar ali olhando, por ficar excitado, não sei, faz muito tempo, a gente tende a esquecer as coisas.

Mas você não esquece, Rubén.

Concordo, não esqueço, culpado por estar ali, esperando a minha vez, afinal eu a escolhi.

Você a escolheu?

Sem querer, o gêmeo me perguntou de qual eu mais gostava, das garotas que tinham ido ao show, de qual eu gostava mais, e eu respondi. Não pensei que fosse acontecer uma coisa dessas.

Mas você a desejava enquanto ela dançava na discoteca, a cobiçava embora fosse namorada de seu amigo, gostava dela e de repente chegava a sua vez.

Você assente, claro que a desejou, Polo, desde a primeira vez que a viu, uma noite com García Campos no Santa Fe, você a cobiçou, sim, essa era a palavra adequada. Você nega com a cabeça, nada, nada importante, de verdade, a Claudia não tem nada a ver, já era passado, deixou de me interessar, nada mais, eu não retornava as ligações, algum dia eu a deixei esperando sem motivo, coisas assim, devia ter terminado antes mas fui covarde, preferi deixar que as coisas caíssem por si próprias. Estamos andando às cegas.

Você está evitando as perguntas, o que aconteceu no dia em que ela deixou de ligar.

Não, não evito nada, é que a Claudia não tem nada a ver com isso, não a drogamos, se é isso o que quer saber.

Então o que aconteceu, Rubén.

Você respira fundo, faz um esforço para se lembrar, Claudia está muito distante em sua memória, esquecida, como se tivesse sido raspada com uma lâmina, uma noite estávamos em Malasaña, uma noite qualquer, no começo do verão acho ou na primavera, estava com ela e com o pessoal da banda, com Chino, com Nacho, sentados em um portão, apoiados num carro, decidindo aonde íamos, não fazia frio, ela tinha que ir para casa, tinha hora para voltar para casa, estávamos na universidade mas seus pais ainda a tratavam como criança, colocavam hora para voltar, meia-noite, uma, não lembro, cedo, ela me pediu que a acompanhasse até em casa e eu não fui, disse que não, que preferia ficar com meus amigos, então ela me disse que seus pais não estavam e que poderíamos fazer, e viu na minha cara, percebeu que a ideia de ir pra cama com ela me enojava, foi embora e nada mais, é a última coisa que lembro dela.

Você sentia nojo de dormir com ela?

Talvez não nojo, não sei, mas não, não tinha muita vontade.

E por que você acha que não tinha vontade?

A gente se cansa, se aborrece, a gente deixa de gostar, a gente muda, evolui.

A gente. Claudia, Gabi. Nunca mais voltou a vê-la?

Você nega com a cabeça, nunca mais.

O que sentiu quando ela foi embora? Alívio, pena?

Quando vi a Claudia ir embora, sozinha, humilhada? Suponho que senti tristeza, tanta tristeza que fiquei a ponto de correr atrás dela.

Mas não correu?

Não, não corri, depois fomos a um bar e me esqueci da Claudia e de toda aquela tristeza e, como dá pra ver, me esqueci para sempre. Não voltou a me ligar, creio que tenha sido a gota que fez o copo transbordar.

E a partir daí, Rubén: namoradas nem fodendo?

Você assente, eu gostava de verdade da Claudia, e, mesmo gostando, não conseguia deixar de machucá-la, destroçá-la, eu gostava e a detestava ao mesmo tempo e quase com a mesma intensidade, eu acredito que não queria continuar sentindo algo assim, como explicar, não queria voltar a sentir como se me partisse ao meio, o fato de inevitavelmente machucar quem amava me parecia deprimente, me deu a impressão de que eu estava coberto de uma camada de espinhos, de que todos estávamos, sentia que ninguém podia me tocar sem se ferir, sim, foi a partir daí que surgiu o lance de namoradas nem fodendo.

E essa sensação, esse pensamento, sobrevive, não é mesmo, Rubén? Quando as coisas começam a ir mal, você se refugia na metáfora dos homens cobertos de espinhos e tudo bem, disposto a renunciar a amar e ser amado, de repente disposto a renunciar ao amor, ao carinho, ao sexo, você tira a foto do homem porco-espinho da carteira e tudo bem, resolvido, Rubén, já pode viver sozinho, não precisa de mais ninguém.

Eu não disse que tinha renunciado ao sexo. Só deixei de estabelecer relações estáveis, vínculos afetivos, tudo isso parecia muito doloroso, nada dura, tudo inevitavelmente se corrompe. Mantinha relações esporádicas e era feliz, de verdade, feliz, absolutamente feliz.

É isso o que quer fazer agora? Romper os laços com Gabi e não estabelecer novos vínculos.

Acho que sim.

Entendo, mas, se era tão feliz na época, por que procurou Gabi quando voltou.

Você sorri com tristeza, dá de ombros, suspira, por que a Gabi.

Cinco linhas brancas sobre uma carteira preta. Você olha ao redor, estão os gêmeos, Chino, Nacho e você, a carteira vai passando de mão em mão, vão cheirando. Você a cobiçou, Polo. Gostou dela desde o primeiro dia, desde sempre, desde a primeira vez que a viu entrar no Santa Fe, os cinco sentados nas poltronas de couro ao redor de uma mesa, copos e garrafas de refrigerante vazios. Antes, na rua, um pouco distantes, os gêmeos haviam colocado umas carreiras na sua carteira e iam passando com um papel enrolado para cheirar. Cinco carreiras. Vocês tinham ficado para falar com os gêmeos sobre a gravadora, como organizar uma reunião com o representante deles. O importante era que o cara ouvisse a demo. Era certeza que ia adorar, Chino lhe passa a carteira, você cheira o pó. Estão de bom humor, é emocionante, você percebe uma coceira na parte superior do septo nasal, bem entre os olhos.

Suspira, por que procurei Gabi?, talvez eu tenha mudado de opinião, talvez tenha me cansado de estar sozinho ou me curei, quem sabe. Voltei dos Estados Unidos e não conseguia parar de pensar nela, alguém da faculdade me disse que ela tinha acabado de terminar com o García Campos, tudo ficou claro. Você acaba amadurecendo, acaba aceitando o mundo como ele é.

Talvez tenha se apaixonado de novo, Rubén.

Talvez agora o mundo me pareça nojento, uma massa disforme, um purê que esfriou no prato, são coisas que acontecem.

É curioso, Rubén, essa fixação pelo passado, por 1997, quão magnífico era o mundo na época, me pergunto o que o fascinava tanto, o que é isso que você sente que perdeu e que dói tanto, que o deixa agoniado por não manter.

Você duvida, não tem certeza, a música, titubeia, como vivíamos a música, eu acho, vivíamos no limite, sem regras, a música era uma forma de vida, não paravam de surgir bandas, era como uma avalanche de boa música e agora tudo é nojento, os grupos de agora são um lixo.

O cara anota algo em sua caderneta, você se dá conta de que suas próprias explicações são estúpidas, então a música era uma forma de vida ou os grupos de agora são um lixo? Você se sente um imbecil, está se sentindo assim desde que chegou à consulta. Quer explicar, mas não consegue descrever essas sensações, a natureza dessa excitação, não se lembra mais dos detalhes, mas ainda assim é capaz de reproduzir com um realismo alarmante a excitação que sentia a cada sexta e a cada sábado. Os cheiros, as imagens. O álcool, as drogas cobriam suas lembranças de um halo de esplendor, de um verniz de euforia e agora tudo parece desgastado, murcho, a realidade fica mais espessa ao seu redor, sem cor, supõe que a realidade é a mesma da época, que foi você que perdeu a ilusão, que ficou preso.

A capacidade de assombro, diz.

O psicólogo ergue a vista da caderneta, perdão, Rubén?

O assombro, foi isso o que perdi nesse tempo, não sei como nem quando, não sei o que significa, só sei que as mesmas coisas que na época me fascinavam agora me deprimem, a música, as drogas, o sexo, impossível escapar dessa sensação de vazio, de nada, de atração do abismo.

Vamos, Nachete, não fique bravo, você sabe que estamos falando numa boa.

Sim, Santa Fe era um bar. Em Malasaña. Aquele verão vocês foram muito lá, quase todos os fins de semana, era preciso tocar a campainha e esperar que abrissem a porta. Uma porta preta, pesada. Por dentro, o Santa Fe era um bar normal, nada do outro mundo, e no entanto, Polo, aquele ambiente underground lhe parecia o máximo, você gostava muito, se impregnava, se misturava, se sentia parte daquela massa quente, agora você põe o terno e sabe que não é você, que é um impostor, se vê refletido nos vidros escuros do metrô a cada manhã e parece ridículo.

Vamos, Nachete, não fique bravo, não é nada ruim.

Os gêmeos tratavam Nacho com um misto de desprezo e camaradagem, e ele, por sua vez, se comportava de forma estranha quando estava com eles, não era o mesmo, se tornava reservado, parecia incomodado, na defensiva, seu caráter mudava. Você e Chino riam dele, pensavam que exagerava. Odiava quando os gêmeos o chamavam de Nachete. Ele nunca quis se misturar com os gêmeos, sempre resistiu, mas o fato é que se misturou, não soube como evitar, sabia que era a grande oportunidade de vocês e não foi capaz de encontrar uma justificativa crível para evitar.

Vai, cara, não fique bravo, não tá rolando nada, não é nada ruim, pelo contrário, sua irmã ser gostosa é perfeito para a banda, para a promoção.

Era por isso, Rubén, que ele não queria misturar a irmã com os gêmeos? Porque tinha medo de que algo pudesse acontecer com ela?

Mais que medo, você dá de ombros, mais que medo de algo concreto, de que pudessem lhe causar algum dano, era algo mais sutil, mais irracional, era como se pudessem manchá-la, contaminá-la.

Essa foi a primeira vez que a viu? A primeira vez que viu Gabi?

Sim, os gêmeos não paravam de falar dela, que era muito linda, que peitos tinha, que bunda. Falavam desse jeito.

Ah, Álvaro, porra, não é pra tanto.

Linda, eu juro, Polo, mas linda de verdade, parece uma modelo, loira, olhos azuis, atraente, muito linda e tem um corpão.

Vai se foder, Nachete, os gêmeos tiravam sarro, vai se foder, García Campos com namorada e a gente se matando na punheta, bom, principalmente você, Nachete, menos mal que está sempre com as suas roches, um dia você tem que tentar transar com uma mina com os olhos abertos, deve ser do caralho ela também se mexer, né, Nachete.

Os gêmeos passavam dos limites com Nacho, não por maldade, era seu jeito de ser.

As roches são Rohypnol, Rubén?

Sim, a gente chamava assim porque está escrito Roche nas pílulas. Por causa do laboratório.

O psicólogo assente, ou seja, quando vocês conheceram a Gabi, o Nacho já tinha usado Rohypnol e vocês sabiam.

García Campos os apresenta, esta é a Gabi, este é o Polo.

Vocês se beijam no rosto, ela sorri, você não consegue parar de olhar, ela está usando uma camiseta branca de alças e calça jeans justa, oi, Polo.

Como foi a semana, Rubén, tudo bem?

Sim, sim, tudo perfeito, você deixa o casaco na outra cadeira, se senta.

Este bar é incrível, diz Gabi olhando ao redor, você não consegue tirar os olhos dela.

Naquele tempo, todos tínhamos ouvido falar do Rohypnol, mas nunca pensei, de verdade, nunca pensei que falassem sério.

Não conseguir tirar os olhos dos dela, se concentrar neles.

Escolher uma.

Não misturar.

Uma o quê.

Mas que merda, Polo, uma garota.

De verdade, nunca pensei que estivessem falando sério.

Por que você discutiu com Chino? Foi por causa do que aconteceu aquela noite?

Fugir, ouvir seus pais falando dos Estados Unidos, ver a veemência com que desejam que você parta, que se afaste dali, não, não discuti com o Chino, simplesmente depois da noite em que aconteceu aquilo com a Blanca nada mais foi igual, decidi ir embora, essa sensação de medo, não, não discutimos, eu simplesmente decidi mudar de ares. Sentir a suspeita do Chino, seu silêncio, aqueles olhos mortos, sentir suas dúvidas, deixar a banda, fazer a mala, se sentir vazio e sozinho em um assento de avião, observar pela janelinha outros aviões decolando, uma aeromoça lhe oferece um fone de ouvido e uma manta. Sorri.

Não discutimos, apenas decidi que queria ir embora, deixar aquilo tudo para trás, se a viagem aos Estados Unidos foi uma fuga? Claro que foi uma fuga.

Chino o segura pelo braço na frente da casa de Nacho, antes de entrar e falar com ele, antes de mentir, antes de dizer que sim, que os gêmeos estavam na casa dos pais de Nacho, que voltaram e tomaram uma cerveja juntos e depois vocês foram embora, Chino o segura forte e olha bem nos seus olhos, porque não foi você, não é, Polo? Você se solta, vai se foder, Chino, cara, vai se foder.

Por isso foi para os Estados Unidos, Rubén? Porque tinha medo que a polícia descobrisse que você tinha mentido? Que acabassem suspeitando de você?

Não estou falando que você está mentindo, Polo, só estou dizendo que o Nacho não pode ter feito uma coisa dessas. Só estou dizendo que o Nacho não, certo, Polo, direi o mesmo que você disser.

Não, não, duas casas, duas noites, duas garotas; Gabi e Blanca, foram duas noites diferentes.

Pensei que tinha sido um fato isolado, e agora você está dizendo que aconteceu algo parecido com Blanca.

Não foi parecido. É o que estou tentando dizer, nunca machuquei a Blanca, eu a levei para o quarto nos meus braços, tirei seu maiô molhado, seu cabelo estava úmido, cheirando a cloro, talvez a tenha olhado nua, adormecida, mas não aconteceu nada.

Certo, Rubén, vamos voltar um pouco, isso da Blanca ocorreu uns meses depois daquilo dos gêmeos.

Quase um ano depois. O show em Siroco foi antes de começar o quinto ano, em setembro de 1997, o cara anota a data em seu bloquinho, e isso da Blanca ocorreu logo depois dos exames de fim de curso, em junho ou julho de 1998. Íamos gravar um disco, estava tudo preparado, e então uma noite. Uma noite tudo desapareceu.

Então, se não anotei errado, tudo o que me contou ocorreu durante um ano da universidade.

Chino o prensa contra a parede, você se solta, o empurra, Chino, o que está acontecendo, você não acredita em mim?

Sim, um ano, e de repente uma noite, uma noite como outra qualquer, uma noite como houve mil noites antes, nem sequer uma noite inteira, foi mais um abrir e fechar de olhos, em um instante, tudo desapareceu.

9

Chove quando você chega ao estúdio de gravação, Chino está sentado em uma cadeira, meio tombado, a guitarra entre os braços, acariciando o braço do instrumento, testando acordes. Obsessivamente, várias vezes. Uma tormenta de verão, aromática, elétrica, o céu cinza escuro e negro.

Você está ensopado, Polo.

Está chovendo como se fosse o fim do mundo, e os outros?

Chino dá de ombros. Vocês vão gravar um EP com quatro canções. Embora a gravação de cada instrumento seja feita separada, durante duas semanas estiveram ensaiando todos juntos no estúdio. O cara da gravadora e o técnico de som estão esperando há um bom tempo. Falou com o Nacho?, você pergunta a Chino.

Não, já devia estar aqui.

Você se senta na frente da cadeira de Chino, está nervoso mas tenta não demonstrar, meus pais continuam com o papo do mestrado, os malditos não se cansam disso.

Você disse a eles, Polo? Disse claramente que prefere ficar? Você pensou bem, Polo, cara? Estados Unidos é do caralho.

Sim, sim, eu sei, Estados Unidos é do caralho, Nova York, eu sei, foda, mas não para estagiar em um banco, prefiro me jogar de uma ponte antes.

Chino sorri, depois olha para o relógio, onde se meteram, não tem um dia em que o Nacho chegue na hora.

Pode ser que esteja com dor de cabeça depois de ontem.

Chino ri, a gente extrapolou um pouquinho.

Somos foda, Chino, a vida toda esperando para gravar um disco e, no dia em que temos de estar perfeitos, a gente vai dormir às dez da manhã, porra, é de foder, não tem outro nome, e sem falar no ataque de amizade que deu no Nacho ontem.

Quando o Nacho fica sensível, sai de perto.

E tudo aquilo que ele falou sobre a Blanca?

Em um ato reflexo, Chino olha de lado para os técnicos, para ver se podem escutá-los, parecem ocupados, não dê bola para o Nacho, estava muito chapado, Polo, ele não estava falando sério.

Não sei o que está acontecendo com ele ultimamente, Chino, o que saiu daquela boca.

Não dá bola, Polo, ele diz isso para chocar, você conhece o cara.

Não sei, Chino, o Nacho não me parece nenhum provocador, ele nem sequer falava dela de forma meio mórbida, era como se estivesse apaixonado pela Blanca.

Chino se recosta na cadeira, qual é, Polo, não invente histórias, estávamos todos chapados.

Blanca e Nacho aparecem na porta, Nacho usa um casaco verde-oliva do exército alemão, Blanca, uma japona preta com capuz. Blanca tira a japona e a atira num canto, puta merda como chove, diz, por baixo está usando uma camiseta preta dos Ramones, o cabelo molhado, os olhos brilhantes. Nacho tira os óculos embaçados e limpa com a barra da camiseta.

Vocês estão atrasados, Chino diz sem deixar de olhar as cordas da guitarra.

Mas você sabe, Chino, como está chovendo lá fora.

Nacho e Chino discutem, você sempre chega tarde Nacho, você não tem ideia de como está chovendo Chino e tinha engarrafamento, Nacho não venha com desculpas, me deixa em paz Chino.

Enquanto isso, você se aproxima de Blanca e pergunta como ela está.

Estou bem, Polo.

Não queria dizer o que disse, Blanca olha para você muito séria, você se lembra, não, Blanca? Pior que não Polo não me lembro muito bem, foi uma besteira Blanca esquece.

Blanca olha para você de uma forma estranha, arisca. Então Polo o que exatamente tenho que esquecer? O cabelo molhado, cheiroso, tudo Blanca esqueça tudo, perdi a cabeça.

Então tudo bem, tudo esquecido, também tenho que esquecer que você me beijou na porta do banheiro? Isso também é para apagar, não?

Sim, exato, tudo, apaga tudo, estava muito, você faz um gesto com a mão, o que for.

Ela não sorri, com os dedos da mão direita faz como se ativasse um interruptor na própria têmpora, já era, Polo, tudo apagado.

Perfeito, você está bem, não está, Blanca?

Sim, Polo, estou bem.

De verdade? Você parece um pouco.

Um pouco o quê.

Você não responde imediatamente, sustenta o olhar dela, os olhos negros um pouco sonolentos, ela colocou uma mecha molhada atrás da orelha, nada, Blanca, esquece, vamos começar ou o quê?

Blanca fica de pé perto do microfone, alinhada com ele. Vocês dentro do aquário. O técnico de som faz um gesto para Blanca detrás do vidro para que ela coloque os fones.

A canção se chama "Big Deal". Fala de alguém que acredita que tudo é fora do comum, levantar-se de manhã, tomar café, ir trabalhar, tudo parece um saco. Começam a tocar os primeiros acordes das fitas já gravadas, as guitarras e o baixo, depois a virada e Blanca começa a cantar, ela segura os enormes fones com as mãos. O técnico interrompe a música, Blanca demora alguns segundos para parar de cantar.

O técnico abre o intercomunicador.

Blanca, está me ouvindo?

Ela assente, está um pouco lenta, quero um pouco mais de energia, pode ser?

Blanca ergue o polegar para mostrar que entendeu.

Chino olha para você, esse cara é um babaca, sussurra sem que os outros o escutem, você ri.

Do começo, diz o cara da gravadora ao técnico de som.

Voltam a tocar os primeiros acordes, Blanca entra logo depois da virada. Sua voz falha, ela para.

Pelo intercomunicador, tudo bem, Blanca, fica tranquila, outra vez do início.

O psicólogo se joga para trás na cadeira giratória, você nunca pensou em contar, Rubén? Para Gabi, o que aconteceu.

Claro que sim, todos os malditos dias da minha vida.

E não acha que isso tem alguma coisa a ver com o que acontece com vocês na cama? Não lhe parece lógico que os dois fatos estejam ligados?

O cara da gravadora começa a guardar suas coisas em uma maleta de plástico preto. Nacho e Chino falam com Blanca no estúdio enquanto vestem o casaco. O técnico desliga a mesa de som e a cobre com um plástico cinza escuro.

A namorada de García Campos? É dessa que você gosta? Pode escolher qualquer uma, a que quiser, essa moreninha é gostosa.

Mas qual é, gêmeo, você fala como se eu pudesse mesmo escolher.

Você escolhe, Polo, gosta mais da namorada do García Campos ou da morena?

Da namorada do García Campos. Um milhão de vezes.

O cara da gravadora fecha a maleta, olha para você, não tem problema, Polo, ela canta muito bem, hoje não foi seu dia, é normal, estava nervosa, temos muito tempo pela frente, ele estende a mão, você a aperta, a gente se vê na segunda?

Você nega com a cabeça. Não, não, não. Duas noites diferentes.

Certo, Rubén, duas noites, certo, mas não muito diferentes, pelo contrário, muito parecidas, praticamente iguais, você gostava de Blanca, gostava de Gabi, drogou as duas, é como se fossem duas linhas paralelas, duas histórias paralelas.

Íamos muito arrumados, Blanca, já tinha amanhecido quando chegamos à casa de seus pais, íamos os quatro, Chino, seu irmão, você e eu, alguém falou de entrar na piscina, a gente foi, eu juro, só ficou seu irmão, Blanca, eu o deixei vendo tevê, bebendo uma lata de cerveja, sem camiseta, com uma toalha na cintura, não sei exatamente o que aconteceu, Blanca, mas não tinha mais ninguém ali, os gêmeos não voltaram.

E então por que mentiu. Você, Polo, você disse que tinham sido eles, os gêmeos, que abriu a porta para eles e depois foi embora.

Eu menti, Blanca, eles não voltaram. Menti para salvar o rabo do seu irmão. E para que você nunca soubesse que tinha sido ele.

O cara da gravadora estende a mão, de verdade, Polo, ainda temos tempo de sobra, eu a ouvi, sei como canta, a banda é foda, confie em mim, vocês vão conseguir. A gente se vê na segunda.

Claro. Segunda-feira na mesma hora.

E você não acha Polo que eu tinha o direito de saber? Eu poderia ter falado com ele, teria perdoado, agora meu irmão não estaria morto, Polo, está morto por minha culpa.

Blanca, Blanca, por deus, não se culpe pelo Nacho. Sinto muito, de verdade, às vezes me vejo de fora, como se estivesse sendo filmado por uma câmera, todos muito arrumados, seu irmão gritando e rindo, se jogando de cabeça, não sei que merda aconteceu com ele, não sei o que aconteceu, não quero pensar nisso, juro que quando do saí da casa você estava ótima. E, acredite, ali não tinha mais ninguém além do seu irmão.

É impossível que meu irmão, tem que haver um erro, Polo, talvez os gêmeos, talvez tenham voltado depois que você foi embora. Faz sentido, Polo, é possível, não? É a única explicação.

O psicólogo o escuta com atenção, olha fixamente para você, está com os cotovelos apoiados na mesa e cruzou os dedos das mãos como um templo, você fala de Nacho, diz que para ele aquela banda tinha sido o melhor que lhe acontecera na vida, a única coisa boa, e, enquanto diz isso, de repente se dá conta de que é o mesmo para você, de que aquilo foi a única coisa realmente bonita que fizeram juntos.

Era uma grande banda, você diz ao psicólogo, bastava ouvir uma música, não, não uma inteira, bastava ouvir vinte segundos de uma canção para perceber que aquela banda era algo especial.

10

Você chega em casa aos solavancos. A chave na fechadura, a testa contra a porta. Gabi a abre por dentro, o que aconteceu, meu amor, os olhos azuis muito abertos, está assustada, meu amor, você está bem? Calças de pijama, suéter de ponto grosso, passa a mão no seu rosto, o que aconteceu?, Rubén, te liguei um milhão de vezes. Os olhos azuis vibrando de preocupação. Eu encontrei uma amiga, a Blanca, meu deus, há quanto tempo eu não a via.
    A garota da banda?
    Você assente. Tira o casaco, está tremendo.
    Rubén, você está bem? Não está com uma cara muito boa.
    Estou bem, só um pouco cansado.
    Meu amor, você está gelado.
    Custa-lhe falar, o Nacho se suicidou, na garagem dos pais, exatamente no lugar onde começamos a tocar com o grupo, onde criamos a banda, você não acha irônico? Já passou tanto tempo desde tudo aquilo.
    Ela olha para você com preocupação, você está tremendo, meu amor, você se joga na cama, vestido, tremendo, o que está acontecendo, Polo, impossível parar a cabeça, o corpo frio, vertigem ao se debruçar sobre o abismo, é tentado pelo nada, ele grita com você, vontade de desaparecer, de se jogar no vazio, de se entregar a ele, você fecha os olhos. Meu amor, você está bem? Você olha para o

teto, preciso fazer um telefonema, Gabi, você não lembra do Nacho, mas ele lembrava de você.

Sim, sim, eu lembro dele, o da bateria, você não disse que tinha encontrado com ele há pouco tempo?, que ele tinha passado um tempo na prisão?

Sim, há pouco tempo, uns meses.

Meu amor, eu sinto muito mesmo. Como foi.

Tenho que fazer uma ligação, Gabi.

Fique calmo, Rubén, você está tremendo. Fique calmo, ela toca sua testa. Ainda devo ter o telefone em algum lugar. O telefone de quem, o que está acontecendo, meu amor. Eu tinha o cartão dele, estava em cima da mesa. É muito tarde, Rubén, é tarde para ligar para alguém.

Gabi, você não entende? Estive com ele há pouco tempo, eu o encontrei por acaso, uma noite no Sol, por acaso, e agora ele está morto. Eu disse que ligaria para ele e não liguei.

Meu amor, sinto muito, sinto de verdade, não se culpe, não é culpa sua. Você se levanta da cama com urgência, se precipita sobre a mesa, abre as gavetas. Mas para quem você vai ligar a esta hora, Rubén, é quase uma da manhã. Ficamos conversando um bom tempo, você ri irônico, falando de você, Gabi. De mim? Sim, ele ainda se lembrava de quando você namorava o García Campos. Meu amor, deixa isso pra lá, venha para a cama, por favor, tente dormir. E hoje encontro a Blanca e ela me diz que ele está morto e eu começo a falar e a falar do passado, e agora tenho que falar com o psicólogo, tenho que contar tudo, preciso falar disso, o Nacho nos viu juntos em Olavide, sabia de tudo.

Meu amor, você está delirando.

Ele não se lembrava, quando acordou Nacho não se lembrava de nada, só de quando encontrou a Blanca, nunca deveríamos ter misturado, misturá-los, misturar tudo, agora é um caos, na minha cabeça tudo é ruído, mas há coisas que lembro perfeitamente, e uma delas é que sempre fui um covarde, você não sabe. Você não sabe de nada.

Fale comigo, Rubén. É muito tarde para telefonar.

Você ri feito um lunático, falar com você? Está maluca, Gabi, com você, muito engraçado.

Certo, Rubén, olha para mim, olha para a minha cara, Rubén, amanhã telefonamos para o psicólogo, agora você precisa se acalmar, acho que você está com febre, está delirando, vamos para a cama.

O cara suspeitava, o psicólogo sabia que alguma coisa não se encaixava, sabia que não estava dizendo toda a verdade, só a face amigável, todos os psicólogos devem saber, todos sabem que as pessoas só contam uma parte de sua merda, que tem outra parte que mantêm oculta, ele suspeitava.

Meu amor, meu amor, o que você está dizendo.

Mas ele sabia que faltava alguma coisa, que algo não encaixava, senão por que procurei você depois de tanto tempo.

Meu amor, por favor, agora esquece isso, tente se acalmar, você está delirando, ela o ajuda a tirar o suéter, desabotoa a camisa, traz o pijama, o coloca de barriga para cima na cama, o cobre.

Um covarde, é isso o que sou, eu estava aterrorizado, só o Chino queria te levar ao hospital, eu teria deixado você morrer no banco de trás.

Eu? O que você está dizendo? Está delirando, meu amor.

Sou um covarde, estava disposto a te ver morrer em meus braços para não me ferrar, sou um miserável, Gabi, você não me conhece, não sabe nada sobre mim.

Meu deus, Rubén, vem aqui, calma, calma, ela se deita sobre você e o abraça, você olha para o teto, um mapa irregular na pintura branca.

O que está acontecendo comigo? Meu deus, tenho tanto medo.

Já chega, por favor, pare de falar do passado, Rubén, meu amor.

Você não entende, Gabi? O passado é tudo, explica tudo. Você nem sequer sabe o que é Rohypnol, pode ser que nunca tenha ouvido falar disso na vida.

Ela olha para você, de repente confusa, nega com a cabeça, não, o que é, Rubén.

Você ri, o que estou fazendo, enfiar a cabeça na corda, a ponto de pular, os porras dos gêmeos, lembra deles? Lembra que fomos na casa deles no dia do show de Siroco? Você se lembra desse dia?

Gabi olha para você desconcertada, gagueja, não sei, faz mais de dez anos.

Você se lembra do show? Lembra ao menos que foi ao nosso show, Gabi? Em Siroco, você precisa lembrar.

Sim, claro, eu lembro.

E depois lembra que fomos à casa dos gêmeos?

Você volta a fechar os olhos, se levanta na cama, está muito cansado, mas sua cabeça não para de dar voltas, ela o abraça pelo pescoço.

Rubén, seja lá o que for, não importa mais, já se passaram mais de dez anos. Nada disso, meu amor, pode causar problemas, é algo que desapareceu, esqueça, o passado não pode mais atingi-lo.

Você a olha febril, incandescente, a compaixão de seu olhar o queima, essa piedade é como napalm, como ácido, o desfigura.

Por favor, não, compaixão não, Gabi, você se levanta com violência da cama e fica de pé perto da mesa, nega com a cabeça uma, duas, três vezes, não, Gabi, essa compaixão é como napalm, você não entende?, você se deixa cair no banquinho de couro do outro lado do quarto, o abajur do criado-mudo ilumina o lugar com uma claridade dourada, ela não para de olhar para você, seus olhos azuis tremem, assustada, Gabi, você não sabe nada sobre mim, acredite, não, não se aproxime, por favor, não se mova e, meu deus, pare de me olhar desse jeito, meu deus, você está me queimando com esse amor, com essa piedade, meu deus, você não sabe nada sobre mim, não sabe o que sou nem o que fiz, se soubesse não me olharia assim, com esse amor que é uma ofensa.

CD QUATRO
ELECTR-O-PURA

ELECTR-O-PURA, YO LA TENGO
(1995, Matador Records)

Electr-O-Pura é o quarto disco de estúdio da banda de rock independente Yo La Tengo. O estilo do grupo é famoso por incluir elementos folk, punk rock, shoegazing, longas passagens instrumentais de orientação noise e algumas canções que se aproximam da música eletrônica.

O nome da banda vem de uma anedota relacionada à equipe de beisebol New York Mets. Durante a temporada de 1962, o jogador Richie Ashburn se chocava constantemente com seu companheiro venezuelano Elio Chacón. Cada vez que Ashburn corria para pegar a bola, gritava "I got it! I got it!", o que não evitava que terminasse por se chocar contra os setenta e três quilos de Chacón, que não falava inglês. Cansado, Ashburn aprendeu a falar "Yo la tengo! Yo la tengo!". Em uma partida, depois de gritar "Yo la tengo!", viu, feliz, que seu companheiro Chacón parou. Ashburn correu tranquilamente para pegar a bola, mas se chocou contra os noventa e um quilos de seu companheiro Frank Thomas, que não falava espanhol. Depois disso, Thomas perguntou a Ashburn o que significava "Yellow Tango".

11

Beefeater, Nacho?

Ele concorda. O garçom vestido com camisa branca e gravata-borboleta enche os copos de gelo, o jato de genebra reflete a luz halógena do interior do balcão, você vê o álcool ondulando por entre os cubos. O garçom serve as tônicas, você paga. Nacho lhe mostra uma nota, mas você a rejeita, na próxima, Nacho. Já não podem continuar olhando para os copos, por isso se olham, de frente. É sério, você está muito bem, Polo, está igualzinho antes. Mentira, Nacho, ele sorri e ergue um pouco o copo antes de beber, você comemora com um movimento simétrico, o tempo passou, Nacho. Muitas coisas passaram, Polo. Você se pergunta o que ele perdeu para parecer tão velho, tão cansado, a última vez que você o viu ele estava terminando a faculdade, havia um entusiasmo quase infantil em seus olhos ou ao menos é assim que você se lembra dele. Se pensar bem, todos perderam alguma coisa, vocês eram mais alegres, ingênuos, estúpidos, loucos, estavam perdidos, tanta ilusão com a gravação de um disco, cada dia uma descoberta, algo novo na sexta, algo novo no sábado. Seja o que for, todos perderam. Amadurecer, isso se chama. Envelhecer, você acredita, sabe apenas que é mais evidente em Nacho do que no resto, o desgaste, a decomposição, olheiras marcadas como um baixo-relevo, as bochechas fundas, o couro cabeludo marcando o crânio quase raspado.

Vocês não falam de nada. Lugares-comuns. Dos 90, Nacho apoiado de costas no balcão repete várias vezes que você parece bem, que fica mesmo muito bem de terno e gravata, pergunta quais são os cinco discos que você levaria para uma ilha deserta. Você confessa, como se se defendesse, que continua indo aos mesmos botecos de Malasaña, escutando as mesmas bandas da época, assistindo aos mesmos shows. Mente, diz que no fundo não mudou tanto. Cinco discos, Nacho?, tudo bem, de todos os tempos ou só dos 90? Nacho assente, ele não quer humilhar você, não quer esfregar suas próprias mentiras na sua cara, as aceita, cala seus pensamentos como cuspe, não quer feri-lo, nem você a ele. Ele pergunta se você se casou, se tem filhos, onde trabalha. Você por sua vez pergunta a ele de Blanca, se continua tocando em algum lugar. Quem se importa, Polo, de toda a história ou dos 90?, os bons sempre foram dos 90, ao menos para nós, não?

A gente se divertia bastante, Nacho, na época, só cinco? Pois eu levaria com certeza *Maxinquaye*, de Tricky, e um do Pixies, e então você vira o copo, bebeu rápido, ansioso, se despede de Nacho, diz que vai telefonar, sem falta, que precisam se ver, retomar a amizade, quase certeza que levaria *Electr-O-Pura*, do Yo La Tengo, a uma ilha deserta, e talvez *Daydream Nation*, do Sonic Youth, vou me despedir do pessoal do escritório, você faz um gesto vago apontando para o outro lado da pista, e vou para casa, você sabe como ficam as mulheres quando a gente volta tarde e bêbado. Nacho assente, foi uma conversa civilizada, você diz a si mesmo, vocês trocam um aperto de mãos, se entreolham, foi um prazer te encontrar, Nacho, de verdade, os dois sabem que você não vai ligar, mas você, que é um covarde, teve de prometer, jurar, teve de repetir várias vezes que ligaria, com certeza, na semana que vem. Sem falta. E quando está prestes a desaparecer, a escapar, Nacho fala.

Fala devagar, o encarando.

Vi vocês, pouco tempo atrás, por Olavide.

Você nos viu, Nacho?

Você e ela, juntos.

Nacho não sorri, olha nos seus olhos, espera. Você se pergunta se ele reconheceu Gabi depois de todo esse tempo. A expressão dele evidencia que sim, claro que a reconheceu, se passaram dez anos, não um milhão de anos.

Sim, Nacho, também acho estranho, eu acabar com a Gabi depois de tanto tempo. Contei a meu psicólogo, e o cara arrancou os cabelos.

Você vai ao psicólogo?

Parei faz um tempo.

Outra bebida?, Nacho toca com o dedo o copo quase vazio. Você olha a hora. Vá embora, Polo, tudo bem, com calma, você diz que está cansado, se desculpa, vai nessa, foi uma conversa civilizada, não vai foder tudo, Polo, vá embora agora.

Agora, Polo, vá embora.

Concorda, tudo bem, Nacho, a última.

Mas desta vez eu pago, Polo.

Tudo bem.

E como aconteceu, Polo, como você ficou com a garota mais linda do Ces.

Você sorri. Lembra. Você a reconheceu imediatamente, de perfil, quase de costas, o cabelo loiro na altura dos ombros, os olhos azuis. Ela olhava a fruta, hesitante, a mão sobre uma laranja, detida de repente em seu gesto, paralisada, ciente de que era observada, se virou muito devagar, moveu apenas o rosto, não o corpo. Você estava de pé, sozinho, no meio do corredor do supermercado, a cesta a seus pés, esperando-a com um meio sorriso, quase triste, no rosto.

Nossa, cara, que surpresa, Polo. Você se aproximou decidido e deu um beijo no rosto dela.

Não sabia que você morava por aqui, Gabi.

Que surpresa, Polo, cara. Sim, aqui mesmo, a cinquenta metros em linha reta, cruzando o parque, voltei para a casa da minha mãe, veja só, na minha idade. E você, o que está fazendo por aqui?

Acabei de me mudar para um apartamento, nas torres.

Ela sabe, Polo?

Você ergue o rosto para Nacho, tenta calibrá-lo, medi-lo, antecipar seus pensamentos.

Se ela sabe o quê.

Não se faça de tonto, Polo, ela não sabe mesmo nada do que aconteceu?

Você nega com a cabeça, não me olhe assim, Nacho, pensei em contar, penso a cada dia, mas como se confessa uma coisa dessas, Nacho, como, depois de tanto tempo. Ele ergue os óculos de aro grosso e se vira para o garçom de gravata-borboleta que lhe entrega um punhado de moedas de troco. Ele as guarda sem olhar.

Você se levanta da cama, se vira, se afasta dela, não posso, Gabi, não posso, você fica sentado na beirada da cama, com as mãos nas têmporas e os cotovelos sobre os joelhos, eu sinto muito, Gabi, não posso fazer isso.

Gabi, sentada, com o lençol cobrindo a cintura. Tudo bem, Rubén, meu amor, não faça disso um drama.

Talvez você tenha razão, Gabi, meu amor, talvez eu seja um monstro, alguém incapaz de amar.

Não, não, meu amor, não faça drama.

Nacho vira o resto de tônica no copo, a gente tinha se descontrolado, Polo, uma noite, você sabe, estávamos com a cabeça cheia de coca, a gente a conheceu no Ohm em Callao, ela estava muito bêbada, loira, gostosa, o plano era levá-la até a casa dos gêmeos, mas a gente parou no acostamento, a gente não podia aguentar mais, e então, então a gente a deixou ali, meio nua. Dava para ver a coisa vindo, estávamos perdendo o controle.

Roches?

Nacho nega com a cabeça, sprays.

Como foi, Nacho? Com a Gabi? Como, depois de tanto tempo? Puro acaso, um dia a gente se encontrou no supermercado e uma coisa levou à outra.

O psicólogo olha para você incrédulo.

Não foi por acaso? O encontro de vocês não foi casual? Você a procurou?

Você assente, sim, a procurou, Polo. Sabia muito bem onde vivia a mãe dela, sabia tudo sobre ela, sabia que havia acabado de se separar do García Campos, que não tinha trabalho, que certamente lhe restavam poucos amigos, sabia que se estivesse próximo, se oferecesse uma mão, ela aceitaria como um golpe do destino. Polo, sim, você a procurou. Disfarçado de golpe do destino, passou a seu lado e parado em um corredor de supermercado a contemplou como uma escultura até que ela virou o rosto na sua direção.

Sprays de escopolamina, Polo, comprávamos na Holanda, os gêmeos traziam, a preço de ouro, nos últimos tempos estávamos nos especializando, evoluímos, o Rohypnol é muito forte, dá muito trabalho, os sprays são mais limpos, instantâneos, mais controle, uma borrifada é suficiente, as garotas passam menos tempo dormindo, mas têm um sono mais profundo. Evoluímos. Parece forte, mas foi assim que aconteceu.

E eu sei lá, Nacho, por que García Campos e ela se separaram? A Gabi não fala muito dele, sei que foi ela que rompeu, evidentemente. Até hoje não sei o que uma garota como a Gabi viu em alguém como o García Campos.

A gente sempre as tratava bem, Polo, você sabe, era parte do jogo, eram as normas. Estávamos perdendo o controle, meu deus, jogada no acostamento de uma estrada, dava para ver a coisa vindo, mas não conseguíamos parar, impossível parar.

Nunca entendi, Nacho, nunca soube o que ela viu nele.

García Campos era um metido e um idiota, Polo, mas no fundo era um bom sujeito, honesto, trabalhador, ideias claras, pragmático, não como a gente, ela viu que ao lado dele nunca lhe faltaria nada e não falo de dinheiro, falo de segurança, amor, confiança, viu alguém forte e decidido, não como a gente. Nós nos desenvolvemos, Polo, nos aperfeiçoamos, procuramos novas técnicas.

Gabi ri no corredor do supermercado, sim, lindíssima, estou falando, só me faltava ter vindo de moletom, Gabi joga a cabeça para trás quando ri, você não consegue deixar de olhar para ela, mas o que você está dizendo, você está linda.

Até parece, Polo, estou péssima, horrível, estou passando pela típica fase de merda, mas quem espera encontrar um conhecido no meio da semana no supermercado da esquina às onze da manhã.

Você ri, não é dia de semana, Gabi, hoje é sábado.

Hoje é sábado? Não sei nem em que dia estou.

Aqui ao lado, Gabi, nas torres, um duplex com terraço.

Vejo que as coisas estão boas para você, onde está trabalhando?

A amargura contrai o rosto de Nacho, perdendo as estribeiras, pela manhã dizia nunca mais, mas depois, enfim, o que posso dizer.

Você não consegue parar de olhar para ela, Gabi ri, a verdade, Polo, é que sempre odiei este bairro, sempre preferi o centro, Malasaña, Olavide, sempre quis morar em Olavide, você não consegue parar de olhá-la, voltei para a casa da minha mãe porque estou sem trabalho, eu não sabia, Gabi, sim, Polo, eu o deixei, o trabalho, deixei tudo, meu namorado, o trabalho, enfim, prefiro não falar disso, mas bem, Polo, você está ótimo, realmente, está mais, ela hesita um pouco enquanto olha para o seu rosto, enruga a testa, você está ótimo, cara.

Você ri, Polo, olha para ela e ri, não consegue parar de olhar, vai até a casa dela, vocês tomam umas cervejas na mesa da cozinha, ela coloca música no som portátil, você a observa enquanto ela faz isso, fumam uns cigarros, depois chega a mãe dela, sim, rapaz, Rubén, você vai ficar para comer, não se fala mais nisso.

Você faz um gesto, não queria incomodar, se deixa levar, ajuda a colocar a mesa, ri, convencido, eu juro, e não só eu, todo mundo da faculdade, sério, tantos anos pensando que sua mãe era holandesa e no fim é sueca. A mãe ri, holandesa, eu?

Nacho, não estou dizendo que não cometemos erros, cometemos, não nego, todo mundo comete erros, éramos muito jovens e exageramos de verdade, eu reconheço, mas nunca fizemos mal a ninguém.

Sério, Polo? Acredita mesmo nisso? Acha que aquelas garotas se levantavam como uma rosa? Ainda acredita nas besteiras que os gêmeos contavam? Acredita mesmo que não se davam conta? De verdade, Polo, você realmente acha que é inocente? Posso te fazer uma pergunta, Polo?

Depois de tomar um café e se despedir da mãe dela, Gabi o acompanha até seu apartamento, há poucos móveis, um colchão no chão, caixas de papelão, Gabi olha os discos amontoados no chão, qual quer escutar, ela pega *Ritual de lo habitual*, do Jane's Addiction, e o mostra a você, este?, você concorda, ela te dá a caixa de plástico e você abre e coloca o CD na bandeja do aparelho, vocês fumam um baseado apoiados na bancada da cozinha, riem, se olham, voltam a rir, que vista tem seu apartamento, cara, é que fica no décimo oitavo andar, você a beija, ela sorri para você, olha seus lábios, respira fundo, Polo, eu ainda faz pouco tempo que, você a agarra pela cintura e olha bem em seus olhos, Polo, ainda é muito cedo para, você volta a beijá-la, o pescoço, o lóbulo, sente como ela estremece em seus braços, ela ergue o rosto, tenta falar, mas você volta a beijá-la na boca, ela se abandona, você toca sua bunda, levanta sua camiseta e ela ergue os braços e não é fácil passar a camiseta pela cabeça dela, você ofega, o sutiã preto, a barriga lisa, o umbigo um pouco aberto, ela caminha de costas enquanto você a beija, muito devagar, até o colchão no piso.

Foram presos quando saíam de casa, você já tinha ido para Nova York. Pegaram eles com muita coca, pediram um mandado. Por drogas, sabe. Depois tudo foi se enrolando, como uma corrente.

Entenda, Nacho, não estou dizendo que era um jogo inocente, nem que não fosse algo ruim no sentido estrito da palavra, só digo que nunca machucamos ninguém.

A polícia vai até a casa dos gêmeos e o que acha que encontraram ali, uma puta videoteca, eles tinham gravado fitas e mais fitas, tinham anotado nas capas as datas, onde as conheceram, os nomes das garotas ou coisas para lembrar, comentários, besteiras, estavam em ordem cronológica.

Do que você está falando, Nacho? Eu? Fui embora, só abri a porta para eles e fui embora.

Você não sabe, Polo, o que é acordar no sofá e não se lembrar de nada, nem ideia do que é subir ao quarto e encontrar sua irmã nua, inconsciente, de bruços, ver sangue no lençol. Posso te fazer uma pergunta, Polo?

Gabi ainda está com o rosto vermelho e quente, ofega, está entardecendo, a luz do exterior avermelhada, quase violeta, banha o apartamento semivazio, caixas de papelão abertas, volumes envoltos em papel-jornal pelo chão, fita de embalagem. Gabi suspira, quem diria que você e eu. Você sorri. Ela se estica na cama para alcançar a calça jeans, você observa a linha de sua coluna vertebral, a perfeição de suas costas. Ela pega um maço de cigarros, acende um. Aspira a fumaça, um cinzeiro, Polo? Com um gesto vago, você aponta para as caixas de papelão amontoadas em um canto e dá de ombros.

Você vai ter que procurar, diz.

Olhar para ela e vê-la sorrir e se sentir, de repente, completo e afortunado.

Fazia muito tempo que eu não... você começa a dizer.

E não termina.

Fazia muito tempo que você não o quê, Polo?

É preciso ser muito estúpido para gravar tudo e guardar, em um dos vídeos eu aparecia. Assisti muitas vezes, acredite em mim, muitas vezes e não consigo me lembrar daquela noite. Meu pai foi me visitar uma vez na prisão, no começo, depois nunca mais voltou. Disse que o problema da nossa geração é que tínhamos as coisas muito fáceis, nada contra o que lutar, nenhuma oposição, nem ditadura, nem fome nem guerra nem nada, que éramos uma geração perdida, inútil, que nos esqueceriam, que não deixaríamos marcas no mundo.

É, Nacho, tinha que ouvir o que meu pai diz, mas e daí, Nacho, o que significa isso.

Não, escuta, Polo, pensei muito nisso, tive tempo lá dentro para pensar, acho que o mais estranho de tudo, o que realmente chama atenção, é que éramos os três, três bons rapazes. Que ninguém se opôs, nem o puritano do Chino, nem ao menos ele conseguiu resistir àquele turbilhão, talvez no fim das contas meu pai tenha razão e seja algo da nossa geração.

Tudo bem, Rubén, de verdade, você não pode fazer disso um drama, Rubén, senão, se você fizer disso uma tragédia.

Senão o quê? Diga, não pare, Gabi, você vai embora? Pois vá agora, está esperando o quê.

Gabi desvia o olhar para a janela, solta a fumaça, seu perfil contra a luz do entardecer. Os edifícios da praça, suas grandes janelas antigas refletem os últimos raios de sol.

Pode ir quando quiser, Gabi, você acha que sentirei sua falta? Sério, acha que vou sofrer por um segundo?, você não me conhece, Gabi, não tem nem ideia de como eu sou, de quem eu sou.

Às vezes, Rubén, acho que você nunca amou ninguém, que não consegue, que tem algo dentro de você que o impede de gostar de outra pessoa, não estou falando de egoísmo, estou falando de uma incapacidade, de um bloqueio, de uma puta doença, às vezes penso que você não sabe o que é sentir algo por alguém, que é uma pedra de gelo.

Pergunte, Nacho.

Aquela noite, quando aconteceu aquilo com a minha irmã, eu estava dormindo quando você abriu para os gêmeos?

Dá na mesma, Gabi, você afasta o olhar um pouco envergonhado.

Não, vai, vamos lá, Polo, ela tenta evitar que as cinzas que se formam na ponta do cigarro caiam sobre os lençóis, fazia muito tempo que você não?

Tudo bem, Gabi, dá na mesma, não tem importância, só estava pensando que fazia muito tempo, muito mesmo, que não me sentia assim com alguém. Tão bem.

Abri e então deixei os três vendo televisão. Colocaram num programa de evangélicos, eu acho. Essa merda toda de que só Jesus salva. Etc.

Na prisão, passei cinco anos fazendo terapia, não uma vez por semana, todo dia uma hora, cinco anos assim, e sabe o que aprendi nestes anos.

Você nega com a cabeça, olha para o copo vazio. Se sente muito cansado.

Aprendi que não sou uma boa pessoa, que fiz coisas terríveis e que não conseguia parar de fazê-las, e quer saber o pior?, aprendi que nem ao menos me arrependo. Por que você foi ao psicólogo, Polo? Diga a verdade, contou tudo? Tudo o que fizemos?

Ao psicólogo? Sim, não, não sei. Acho que escondi algumas coisas. Só contava a parte amável, a que mesmo sendo horrível podia ser contada, não sei se você me entende.

A face amável do estuprador, Polo? Ele nega com a cabeça, você é foda, cara, a verdade é que você queria que o cara dissesse que no fundo, bem no fundo, você continua sendo o bom rapaz que acha que é, que todos nós éramos. Você se arrepende, Polo? Diga a verdade, às vezes eu acho que, para o bem ou para o mal, o Rohypnol foi a coisa mais importante que aconteceu na minha vida, o que definiu minha existência, sobre o que construí minha identidade, não, não me arrependo de nada, não agora que já perdi tudo, não depois de passar cinco anos na prisão, de que merda vou me arrepender agora, agora o que digo a mim mesmo é que sou um privilegiado, uma das pouquíssimas pessoas que viveram uma coisa dessas, nunca senti algo tão forte, nunca encontrei uma excitação igual, sim, deve ser do caralho ter uma mulherzinha em casa que ame você e que faça a comida, deve ser do caralho, não sei porque nunca tive uma, Polo, será do caralho, mas, Polo, e você sabe tão bem quanto eu, estou falando é do desejo, porra, do desejo fodido em estado puro, da taquicardia, de tremer de excitação, de não conseguir respirar, falo de um desejo que te deixa louco, não, não me arrependo, cara, faria tudo de novo, bom, tudo menos me juntar com os estúpidos dos gêmeos, mas tirando isso, Polo, além de não me arrepender, tirando isso, Polo, nem eu nem ninguém em seu juízo perfeito pode acreditar que não fazíamos nada de mau, nem sequer você pode se enganar desse jeito, todas aquelas garotas, todas acordaram com a sensação de terem sido usadas, com a sensação de que alguém abusou delas, todas aquelas garotas acordaram confusas e assustadas. Quando foi a última vez que você fez isso? Quer fazer? Aqui? Agora? Não quer trepar com sua amiga do trampo?

O que está dizendo, Nacho, você está louco.

Eu continuo tendo Rohypnol sempre comigo, você não?

Nacho agita um vidrinho com pequenas pílulas brancas.

Isso, Nacho, não são roches.

São sim, eu mudo de vidro, as viro ao contrário para que o Roche não fique visível, tenho antecedentes e preciso ter cuidado. E você? Está com eles também?

Certo, Nacho, aceito *Nevermind*, mas então você aceita *Surfer Rosa*.

Doolittle é o melhor disco do Pixies, no geral é melhor que *Surfer Rosa*. Do Pixies aceito *Doolittle* ou, se não, você aceita *Ok Computer*, do Radiohead.

Nacho, cara, todo mundo concorda que o disco mais importante do Pixies é *Surfer Rosa*, o mais emblemático, prefiro The Cure vinte mil vezes mais que Nirvana.

Nirvana precisa estar, caralho, Polo, primeiro por sua repercussão, porque abriram espaço, e segundo porque *Nevermind* é um puta disco, o melhor dos 90. Mas como esquecer de Stone Roses, Pearl Jam, de Portishead, Blur, Rage, Radiohead, Pulp, Beastie Boys. Quanto a Public Enemy, sua importância é vital, embora seu melhor disco seja de 88 ou 89. Escolha: *Disintegration*, do The Cure, ou *Electr-O-Pura*, do Yo La Tengo?

Tudo bem, Nacho, aceito que perdemos a cabeça muitas vezes, aceito que Gabi quase bate as botas, mas no fim das contas não aconteceu nada com ela, pode chamar de milagre se quiser.

Milagre, Polo? Você acha um milagre drogar a namorada de um amigo e trepar com ela em cinco?, de verdade, isso lhe parece um milagre, Polo?

Não foram cinco. Ela começou a vomitar, nós a tiramos de lá logo em seguida, quase que não aconteceu nada.

E o da Blanca, Polo? Isso também lhe parece um milagre?

Não seja cínico, Nacho, você engole em seco, de repente fica exausto, enjoado, sente náuseas, o estômago revirado. Por deus, Nacho, esqueça isso de uma vez por todas.

Sempre pensei, Polo, que tinham sido os gêmeos, quando acordei não me lembrava de nada, sempre pensei que tinham sido eles, você me disse que estavam ali e era algo que muitas vezes eu tinha temido, que acabassem fazendo algo com a minha irmã, por isso nunca quis que se misturassem, confiei em você, no que você me disse, mas agora já não estou mais certo, vi os dois na prisão, me juraram que não tiveram nada a ver, que naquela noite eles não voltaram para a casa dos meus pais.

Estou muito cansado, Nacho, o que você esperava que dissessem.

Sei reconhecer os sintomas, Polo, sei como acordei aquela manhã, em branco. Na época não os denunciei por pura covardia, para não me complicar e também para não implicar vocês, fiquei calado, disse que não sabia de nada, nem ideia do que podia ter acontecido, se eles falassem eu, por isso eu não disse nada à polícia, me pressionaram e mesmo assim eu não falei, fui tão covarde e sabe de uma coisa, Polo?, fiquei feliz quando prenderam os gêmeos, embora eu soubesse que cedo ou tarde acabaria sobrando para mim, mesmo assim tive a certeza interior de que era o justo, que não só eles, que eu também devia pagar, eles pelo que fizeram com a Blanca e eu por me misturar, por misturar tudo, então pensei que, sim, que pelo menos havia uma parte de justiça, mas agora, depois de falar com eles na prisão, agora já não estou mais tão certo. Nem um pouco certo, na verdade. O Chino estava lá quando os gêmeos chegaram? A primeira vez que conversamos, antes de vocês chegarem à minha casa, quando falei por telefone com ele, ele me disse que tinha ido embora antes de você.

Você sente o estômago revirar, náuseas, a cabeça girando, há algo muito pesado dentro de você.

Mas o que você está dizendo, Nacho, foram os gêmeos, Nacho, o que queria que dissessem na prisão. A essa altura dos acontecimentos, o que você achava.

Precisamente, a essa altura, Polo. Eu os conheço, falei com eles na prisão e, agora, depois do que passaram lá dentro, sei que não foram eles. É exatamente porque estamos a essa altura que sei que não foram eles.

Não tinha que ir ao psicólogo esta tarde? Gabi se olha no espelho, de costas para você, a saia cinza reta, o cabelo loiro na altura dos ombros delicados, o pescoço longo, esbelto, a tira branca do sutiã dividindo as costas.

Parei de ir, faz tempo, já me sinto melhor.

Gabi vira o rosto sobre o ombro para olhar para você, reconheço que achei estranho esse ataque de paixão no meio da tarde.

Não fale besteira, Gabi, chame de ataque de pânico com ereção.

Gabi o observa pelo espelho e sorri, seus olhos brilham, você sabe que ela está contente, ela olha para você como há muito tempo não olhava, sempre acontece assim, meu amor, pouco a pouco as coisas acabam se resolvendo, tudo termina se encaixando.

Eu acredito que você me ajudou a falar com ele, a entender o processo mental, lembra do dia que saí à noite com o pessoal do trabalho?

Como esquecer, você chegou vomitando, tropeçando nos móveis, fazendo um barulho desgraçado.

Pois aquela noite eu encontrei o Nacho. Você o conhece.

Conheço?

Nacho, o baterista da banda.

Gabi assente. Ela se virou para você e, com delicadeza, pega a blusa branca que deixara apoiada na cômoda, começa a abotoá-la.

Ele passou um tempo preso.

Gabi interrompe o movimento dos dedos e ergue a vista.

Sério? O que ele fez?

Estupro. Cinco anos.

Suponho que agora você vai me dizer que foi um erro judicial ou algo assim.

Não, Gabi, ele fez isso.

Nacho, o baterista da sua banda? Quem diria, não parecia exatamente um predador sexual.

O que você quer dizer?

Eu achava que ele era gay, segundo dizem tinha fama de homossexual no colégio.

García Campos disse isso do Nacho? Que filho da puta.

E como tem tanta certeza de que ele fez isso, ele te contou?

Você não diz nada, não nega. Sua cabeça está em outra parte, dando voltas como o motor de uma máquina de lavar. Gabi se olha no espelho, pinta os lábios com um pequeno pincel besuntado de uma pasta densa, eu não entendo, Rubén, como você pode continuar falando com ele depois do que fez.

Todo mundo, Gabi, todo o maldito mundo comete erros, ele já pagou na prisão, deixe-o em paz.

Só cinco anos. Você acha justo?

Você nega com a cabeça, o que você está falando, Nacho, meu deus, não está insinuando que? Nós? Nunca faríamos mal à sua irmã, ela era nossa amiga.

Tive que levá-la eu mesmo nos braços, Polo, nos braços, ao hospital, ela não conseguiu se mexer durante dias.

É difícil para você engolir, dor de cabeça, paralisado, chateado por escutar Nacho voltar várias vezes ao mesmo assunto, exausto, você quer ir embora, Polo, não quer ficar aí, desaparecer, não ouvir, de verdade, Nacho, eu não tive nada a ver, sério.

E o Chino? Onde estava o Chino? Você o deixou lá? Ele ficou quando você foi embora?

O Chino? Não, não, ele foi embora comigo, tem que ter sido os gêmeos, chega de falar disso.

Não foram os gêmeos, Polo, pode crer. O Álvaro me jurou que não foram eles, jurou com os olhos cheios de lágrimas, eles se deram muito mal na prisão, deviam ter separado os dois quando chegaram, mas não fizeram isso, e eles, porra, os dois juntos não conseguiam passar despercebidos.

Falta ar, você está enjoado, Nacho, nunca fiz nenhum mal a sua irmã, não sei o que tenho de fazer para que acredite em mim.

E então o que foi que aconteceu? Onde estava o Chino.

Nacho, estou muito cansado, tenho que ir, de verdade, tenho que ir agora.

Foi sacanagem, Polo, eu mereço tudo o que aconteceu comigo, mas a Blanca não merecia uma coisa dessas.

Nacho, vou para casa, não estou me sentindo bem, acho que bebi demais.

Polo, só quero saber, ter certeza, eu já perdoei você, quando te vi com ela em Olavide, eu te perdoei, não sei que estranhas razões você teve para sair com essa garota depois do que aconteceu, mas isso me fez perdoá-lo, agora só estou procurando a verdade, Polo, ter certeza, saber o que aconteceu aquela noite na casa dos meus pais, só peço que me conte a verdade. É a única coisa que quero.

Nacho, você já sabe o que aconteceu, faça um favor a si mesmo e pare de pensar nisso, esqueça, agora ela é feliz, não é?, se esqueceu de tudo, superou, pois faça um favor e esqueça também, deixe as coisas como estão, tenho que ir, Nacho, de verdade, pare de uma vez com isso.

Sei que não foram os gêmeos, Polo, e você sabe por que eu sei.

Você empurra as pessoas, sua cabeça está girando, Nacho o segura pelo braço, eu sei, sei que eles não estavam lá, pelas toalhas, você olha para ele espantado e exausto ao mesmo tempo, só havia quatro toalhas, você se solta, que toalhas, Nacho? Claro que não foram eles, mentimos para você, porra, foi você e sabe disso, isso é patético. Polo, é mentira, você o afasta com o cotovelo, não quer continuar vendo esse olhar, é repugnante, faz seu estômago revirar, o assombro dele, a ponto de chorar, é patético. Nacho continua falando, mas você não para, é um zumbi subindo as escadas do Sol, ele fica para trás, um zumbi que avança gaguejando, tropeçando nos degraus largos das escadas em curva, sem virar a cara, agarrado ao corrimão, cambaleando, você cruza a porta, as pessoas olham para você, a claridade insegura do amanhecer, você caminha até Montera, os postes que começam a se apagar alaranjados, como se fossem incandescentes, você para um táxi na Gran Vía.

Para Olavide.

12

O vídeo foi gravado de debaixo do palco, na primeira fila.
Zoom para um cartaz atrás do palco.
Sala Siroco.
Você coloca o casaco e repete as mesmas palavras na mesma ordem, como um loop, confuso com o casaco, cada vez mais lento, as mesmas palavras, até que percebe que Blanca não solta sua manga.
Polo, você não sabe?
De verdade, Polo, não sabe o que aconteceu com meu irmão?
O que aconteceu, Blanca.
Você se senta, perto dela, ela evita seu olhar, mas depois o procura. Você coloca a mão no braço dela, o que foi, Blanca.
Meus pais o encontraram, enforcado. Na garagem.
Palco escuro, minúsculo, murmúrios, no canto inferior direito da tela a data do show. Saem os quatro, são apenas sombras sobre o palco, cada um se coloca em seu posto, quase não há espaço para todos. Antes de sair, Chino tinha cheirado. Nacho abraçou a irmã. O público aplaude. Às cegas, vocês ocupam seus lugares, muito próximos. Chino pendura a guitarra no pescoço. Blanca, a dela. A primeira música sempre é "Call me Chicana" e começa com um solo de baixo, depois entram as guitarras e a bateria. Você respira fundo, começa a tocar.

Não, não pode ser, Blanca, Nacho morto?

Nem ao menos nos avisou que tinha saído da prisão, não sabíamos nada sobre ele.

Não pode ser, Blanca, a gente se viu há pouco tempo. A gente se encontrou. Por acaso.

Cortou todo contato conosco, meu pai foi tirar o carro da garagem de manhã e o encontrou pendurado no teto.

Três ou quatro meses no máximo, Blanca, talvez cinco, não tenho certeza, eu tinha saído com o pessoal do trabalho e o encontrei.

Um dia deixou de atender os telefonemas da minha mãe, de receber as visitas, de responder os e-mails. Minha mãe ia vê-lo nos horários de visita, mas ele se recusava a sair.

Eu prometi a ele que telefonaria, Blanca. Aquela noite na casa dos seus pais, eu mesmo te levei nos braços até seu quarto.

O palco continua escuro, Nacho entra com a bateria. Uma base rítmica simples, bumbo, caixa, bumbo, caixa, caixa, bumbo. Depois Chino, sob a luz azul, apenas um brilho que recorta sua silhueta, apontando, carregando o pedal, saturando o som, acoplando o amplificador, olhando para o chão, sempre olhando para o chão, e então entra Blanca, com a segunda guitarra.

A polícia nos disse quando veio retirar o cadáver, estava há quase um ano fora da prisão, nem sabíamos, Polo. Trabalhava em uma rede de supermercados, fazia, eu acho, algo na contabilidade. Não pode ter sido ele, deve haver um erro, Polo, talvez os gêmeos, depois que você já tinha ido, eu os odiei muito, muito mesmo. Talvez tenham voltado depois de tudo. Faz sentido, Polo, é possível, é a única explicação.

Blanca, Blanca, você esconde o rosto entre as mãos, ela está com o olhar perdido, há uma súplica nos olhos dela, me escuta, Blanca, eu sinto muito, ele me confessou tudo uns meses atrás quando nos encontramos, você precisa acreditar, foi ele.

Mas por quê, ele gostava de mim mais que qualquer outra pessoa. Por quê.

Não sei, Blanca, acho que nem ele sabia.

Parece improvisado, mas vocês ensaiaram cada acorde mil vezes, cada milímetro, soa tumultuado, denso, abrumador. Cada vez o som é mais caótico, quase parece jazz, parece uma improvisação, a voz de Blanca surge, muito suave, enterrada entre o caos de guitarras, Nacho mantém o ritmo constante: bumbo, caixa, bumbo, caixa, caixa, bumbo.

Eu disse, certeza, Nacho, eu te ligo, o que foi, cara, não confia em mim ou o quê, no seu próprio quarto, Blanca, eu te levei e te deixei sobre a cama, nada mais, então fui embora. O Nacho ficou vendo televisão. Sem falta, Nacho, na semana que vem eu te ligo, nós dois sabíamos que eu não ia ligar.

Deixou um bilhete, Polo. Um bilhete cheio de frases sem sentido, pedaços de músicas, coisas assim, como um adolescente. Não acredito em você, Polo, é impossível, ele gostava de mim mais que qualquer outra pessoa no mundo. Você o viu, Polo, se encontrou mesmo com o Nacho?

Sim, nos braços, eu mesmo, no segundo andar, você estava molhada da piscina, a pele fria, eu te deixei sobre a cama.

Uma confusão, Polo, deixou um bilhete de despedida que não significava nada. E se 1997, e se a banda, nem uma palavra para os meus pais. Podíamos ter ajudado, se soubéssemos que ele estava livre. Não acredito em você, eu os odiei tanto, você não faz ideia de como odiei aqueles dois, não é possível, ele gostava de mim mais que qualquer outra pessoa, não pode ter feito algo assim.

Blanca, Blanca, me escuta, eu menti para salvá-lo.

Você o viu de verdade? Como o encontrou, ele parecia deprimido? Polo, ele disse algo sobre o que estava pensando em fazer?

Não tinha a aparência muito boa, para falar a verdade, Blanca, ele tinha passado muito mal na prisão, a gente ficou falando do passado, da banda, discutimos os cinco discos dos 90 que levaríamos para uma ilha deserta, sabe, por um momento pareceu que nada tinha mudado desde os tempos da faculdade, falamos de você, falamos de muitas coisas, prometi que telefonaria e não telefonei, eu lembro que o seu cabelo cheirava a cloro, ainda estava úmido, você estava com um maiô, preto, ainda me lembro disso, sei que parece ridículo, mas na época eu gostava tanto de você, Blanca, muito mesmo. Não diga que é impossível, Blanca, claro que é possível, nem sequer foi uma exceção, não foi um dia em que ficamos doidos, agora penso e não sei como pode ter acontecido, foi como nos livros de Stephen King nos quais o mal se enfia em seu corpo e domina sua vontade, não sei como começamos a fazer, o que sei é que era difícil parar, aquela excitação, é difícil acreditar agora e é impossível explicar, que fizéssemos uma coisa dessas, você tem razão, mas o fato é que fizemos, não conseguia respirar de excitação enquanto te levava nos braços pela escada, sei que você não consegue entender, ninguém que não tenha vivido isso consegue.

Vocês ensaiaram um milhão de vezes, têm tudo calculado. A ideia é confluir, pouco a pouco, de forma invisível, convergir. Virada de Nacho, como uma máquina perfeita conflui, Nacho continua marcando o ritmo original, então Blanca começa a cantar mais alto, você e Chino fazem backing vocals.

Meu deus, Polo, cala a boca, não quero escutar. Todas essas frases tiradas de músicas do Nirvana, do Nick Cave, escritas em um cartão de felicitações, que merda significa se sentir o rei do karaokê. É como se ele tivesse ficado louco. Por que não me ligou, Polo, nós poderíamos tê-lo ajudado se eu soubesse que estava livre.

Não, Blanca, não foi uma exceção, você não foi a primeira nem a última, é curioso, sabe quem foi a primeira garota? Talvez tenha razão, Blanca, talvez seja desumano lhe contar isso agora, não sei, sei que te deixei adormecida na sua cama, que tirei seu maiô molhado e então fui embora, que o Nacho ficou vendo tevê no andar de baixo, pense o que quiser, não, não sei o que pode ter passado na cabeça do Nacho, estávamos todos muito perdidos, era difícil parar, você passava a semana pensando na próxima vez, sim, estávamos viciados, talvez tenha passado na frente do seu quarto e te viu nua e perdeu a cabeça, não sei, Blanca, sei que estávamos no fundo do poço, que tínhamos perdido o controle, por que você acha que fui para os Estados Unidos, também sei que o Nacho gostava muito de você, quando o vi no Sol, o Nacho falou muito de você, me deu a impressão de que se viam sempre, ele quis fingir que vocês mantinham contato, com naturalidade, ele me disse que você continuava com o Chino, me contou que viviam juntos em Malasaña, desci as escadas, o Nacho estava vendo televisão, que fazia uns anos você tinha tido outra banda, mas que agora não tocava com ninguém, desci as escadas, o Nacho mudava de canal, sem camiseta, o controle remoto na mão, estava amanhecendo, eu me sentei ao lado dele, abri uma cerveja, vimos um programa evangélico, você sabe, essa coisa toda de parar de sofrer, de que só Jesus salva, de arrependa-se dos seus pecados. Essas coisas. Não sei, Blanca, aquilo podia durar horas, nos revezando, na casa dos gêmeos a gente costumava jogar videogame até ser a nossa vez, vi esse olhar no Nacho, não quis acreditar na época, mas conhecia aquele olhar, Blanca, fui embora porque não queria acreditar.

    Como o Nacho podia saber de tudo isso? É impossível, como o Nacho podia saber onde eu vivia, ou que tocava com uma banda, não pode ser, como podia saber de tudo isso, eu quase morri quando vi o bilhete, era um desses cartões de felicitações, desses que têm uma cegonha desenhada. Desses de Parabéns pelo bebê. O Nacho sabia e ainda nem tínhamos contado aos meus pais. É como se. Tudo. O Nacho conhecia até o último detalhe da minha vida, e eu nem sequer sabia que ele estava na rua.

    Sobre o palco, sob a luz, como se arrastando em meio à música ainda caótica, estrondosa, surge de novo a voz de Blanca, suave, quase inaudível, ela ainda se mantém muito abaixo da gritaria dos instrumentos. É como um milagre, ninguém se dá conta do truque, está milimetrado, a voz de Blanca vai ganhando potência e os instrumentos vão confluindo na mesma melodia, visto e não visto, de repente Blanca é a protagonista, sob sua voz todos os instrumentos soam perfeitamente encaixados, vocês três gritam uma vez e outra as mesmas frases em inglês.

Eu o deixei vendo televisão, perguntei se estava bem e me disse que sim.

Não entendo como você pode reconhecer isso, reconhecer que fez uma coisa dessas e continuar aí sentado. Como pôde continuar vivendo depois de ter feito algo assim? Você era meu amigo, Polo, eu gostava de você.

Eu também gostava de você, Blanca, e não aconteceu nada, subi as escadas com você nos braços, te coloquei na cama, tirei sua roupa porque seu maiô estava molhado, eu me sentei ao seu lado, te contemplei nua, é verdade, cheirei seu cabelo molhado, cheirei você inteira, te beijei nos lábios, nos peitos, beijei cada centímetro da sua pele, estranhamente eu não estava excitado como das outras vezes, era algo diferente, eu me deitei ao seu lado, não queria ir embora, então eu, sei que parece absurdo, mas estava apaixonado por você, Blanca, queria ficar com você minha vida toda, viver com você, eu te amava, Blanca, amava de verdade.

Se me amava de verdade, Polo, como pôde fazer uma coisa dessas, não víamos o Nacho há anos e de repente ele parece saber tudo da minha vida, como pôde, Polo, justamente você, Polo, eu também gostava muito de você, muito, muito, você só tinha que ter me dito, eu estava louca por você, os shows, a banda, meu irmão, sim, eu gostava disso tudo, mas fazia principalmente para estar a seu lado.

Pare de sofrer.

Você está bem, meu amor? Rubén, você está gelado. Parece doente, meu amor.

Não, Gabi, só estou muito cansado.

Você nem ao menos foi uma exceção, Blanca, não foi a primeira nem a última. A primeira garota foi a namorada do García Campos, você se lembra dela? Uma loirinha muito linda. Foi a primeira vez que fizemos, o lance do Rohypnol, fizemos besteira, por pouco não morre.

Jesus pode.

Mas você não disse que a namorada do García Campos agora é sua namorada?

Eu vou para casa, o que você vai fazer, Polo.

Vou ficar, Chino, um pouco. Adoro essa coisa dos pregadores.

Desligue tudo antes de ir embora, feche a porta, não esqueça que. Pare de sofrer.

Não esqueça que é a Blanca.

Para que tudo isso, Chino, não esqueça o quê?

É que dá na mesma, Polo, apague as luzes quando for embora e, por deus, recolha tudo.

Como o Nacho podia saber da banda, se éramos três pais de família e eu. Como podia saber, se nem sequer chegamos a fazer um show.

Disse que nunca tinha ouvido, disse que gostava do nome da banda, que era elegante, clássico.

Que nome, Polo? Se não tínhamos nem nome, nem sequer éramos uma banda de verdade, eram três quarentões que, se nunca chegamos a tocar ao vivo, como o Nacho disse que o grupo se chamava.

The Limusines, eu acho.

Blanca fica surpresa, franze a testa, depois ri, sacana, ela ri, sacana, sacana, ri muito alto e tapa a boca, ele lia meus e-mails, entrava na minha conta, minha senha é batman há mil anos, por isso sabia de tudo, por isso não precisava falar com a gente, seguia a nossa vida, ele nos via através de uma redoma de vidro.

Como assim, para que tudo isso, Polo? Tudo isso porque a Blanca é nossa amiga, não uma garota qualquer que você conheceu em um bar.

Sem dor não há dano, Chino.

Polo, isso é uma estupidez.

Por que você está inventando isso tudo, Polo, algo tão horrível, não pude caminhar por uma semana, passei anos sem poder ficar sozinha em casa, sem poder dormir, sonhando, aterrorizada, e agora você quer que eu acredite que foi meu irmão, não acredito em você, Polo, sinto muito, mas não acredito.

Blanca, quando eu fui embora você estava dormindo, eu te cobri com o lençol. O Nacho estava vendo tevê no andar de baixo. Eu disse que ia para casa, ele disse que estava bem, que ia ficar vendo um pouco o canal dos pregadores. Sinto muito, Blanca, os gêmeos nunca voltaram, não há outra explicação, só pode ter sido ele.

Polo, talvez tenham sido os gêmeos, o Nacho sempre disse que tinham sido eles, que foi culpa dele, que fizeram isso para se vingar dele, talvez tenham chegado depois que você foi embora, obviamente drogaram o Nacho também e por isso ele não se lembra de nada.

Não, Blanca, foi o Nacho, ele mesmo me confessou tudo quando nos encontramos.

Você ouviu isso da boca dele? Polo, preciso saber se você ouviu isso.

Sim, Blanca, ouvi, ele estava arrependido, começou a chorar, agora preciso ir, não estou bem.

Telefonei para a sua casa, Polo, para você e para o Chino, assim que voltei do hospital, a primeira coisa que fiz foi ligar para você. Você nunca retornou minha ligação, Polo, durante todos esses anos pensei que me ignorava, que nem me olhava, que para você eu era invisível, batman, é preciso ser tonta, meus pais me mandaram viajar, para a praia, eu não conseguia dormir, tinha pesadelos, pensei que você tinha vergonha de mim, que sentia nojo de mim pelo que tinha acontecido, que nunca olhava para mim, nojo, depois eu soube que você tinha ido para os Estados Unidos, nunca retornou minhas ligações, batman, que senha mais estúpida, meu irmão sabia, batman,

batman, como fui tão estúpida, ele nos observava como a um formigueiro, queria tanto ter falado com ele uma última vez, teria perdoado tudo. Tudo. Era meu irmão e eu gostava tanto dele, porra, Polo, por que ele nunca me disse, juro que teria perdoado. Mas o que estou dizendo, claro que foram os gêmeos. Claro, claro, claro, ele não poderia, por pior que estivesse, ele não poderia, nem drogado nem de nenhuma outra forma, deve ter sido um erro, juro, Polo, que ele não poderia ter feito isso.

A voz de Blanca continua aguda enquanto todos vocês param de tocar ao mesmo tempo, então vai se extinguindo.

Aplausos.

CD CINCO
NEVERMIND

NEVERMIND, NIRVANA
(1991, DGC Records)

Nevermind é o segundo disco de estúdio da banda norte-americana Nirvana, lançado em 24 de setembro de 1991. As lojas de discos norte-americanas receberam um total de 46.251 cópias iniciais, enquanto 35 mil unidades foram enviadas ao Reino Unido, onde o álbum anterior da banda, *Bleach*, tivera um importante êxito. *Nevermind* se converteu no primeiro disco do Nirvana a chegar ao topo das paradas, em 11 de janeiro de 1992, desbancando Michael Jackson. Naquele momento, o álbum estava vendendo trezentos mil exemplares por semana.

A capa do disco mostra um bebê mergulhando atrás de uma nota de um dólar presa a um anzol. Segundo Cobain, ele teve a ideia quando viu com David Grohl um programa de televisão sobre nascimentos debaixo d'água. Cobain mencionou isso ao diretor artístico da DGC, Robert Fisher, o qual encontrou várias imagens de nascimentos sob a água, mas a empresa as considerou muito explícitas. Fisher então enviou um fotógrafo a uma piscina de bebês, eles acabaram com cinco fotos, e a banda escolheu um instantâneo de um bebê de três meses chamado Spencer Elden. No entanto, ainda existiam alguns inconvenientes para a gravadora, já que era possível ver o pênis da criança na imagem. A DGC preparou uma capa alternativa em que ocultava o pênis, embora tenha cedido quando Cobain deixou claro que só concordaria com um adesivo que cobrisse o pênis no qual fosse possível ler: "Se isto o ofende, você é um pedófilo enrustido".

A contracapa do disco exibe a fotografia de um macaco de brinquedo diante de uma colagem criada por Cobain. A colagem inclui fotos de carne crua procedentes de um anúncio de supermercado, imagens do inferno de Dante e de vaginas doentes de uma coleção de fotos médicas do cantor.

13

Gabi nega com a cabeça, seu olhar varre o chão, titubeia, não, eu não entendo, Rubén, por quê. Como. Como alguém como você pode ter. Como. Você. Uma coisa dessas.

Você chegou em casa, confuso, enjoado, a cabeça girando e quente, impossível parar de pensar, tudo misturado, e Gabi abriu a porta com as calças do pijama e um suéter grosso de lã e cara de preocupação e o que aconteceu, Rubén, e eu te liguei mil vezes, e é muito tarde, meu amor, e você não está com uma cara boa, e está gelado, e vem para a cama, meu amor.

E seja lá o que for, meu amor, não se preocupe.

E deite-se, meu amor.

E para quem você quer telefonar tão tarde, meu amor, se já é quase uma da manhã.

E o passado, meu amor, seja o que for, meu amor, o passado não pode mais te fazer nenhum mal.

E você a olha febril, incandescente, o amor dela te queima, sua compaixão é como napalm, como ácido na cara.

Essa compaixão, Gabi, você se levanta com violência da cama e fica de pé junto à mesa, nega com a cabeça, essa compaixão, Gabi, é como napalm, você não entende?, você se deixa cair na banqueta de couro do outro lado do quarto, o abajur do criado-mudo ilumina o quarto com uma claridade dourada, ela não para de olhar para você, seus olhos azuis tremem, assustada, Gabi, você não sabe nada sobre mim, acredite, não, não se aproxime, por favor, não se mova e, meu deus, pare de me olhar assim, meu deus, você está me queimando com esse amor, com essa piedade, meu deus, você não sabe nada sobre mim, não sabe o que eu sou nem o que fiz, se soubesse não me olharia desse jeito.

Você a observa, confusa, imóvel na beirada da cama, você fala devagar, modula a voz, Gabi, meu amor, me escuta, nada, você não sabe nada sobre mim. Você a olha nos olhos, azuis, infinitos, a olha fixamente para que ela saiba que o que diz é verdade, para que não duvide, para que não possa se esquivar de suas palavras, para que não ria nem se faça de desentendida, para que não escape, Gabi, meu amor, você não entende, para que não peça a você que repita nem que jure, para que não reste dúvida de que está falando sério, meu amor, Gabi, você não sabe nada sobre mim, não me conhece, nenhuma possibilidade de reinterpretação posterior, para que no futuro ela não possa ignorar a verdade, tampá-la, esquecê-la, por isso você fala alto e olha bem nos olhos dela enquanto isso, para que ela saiba que você está falando sério, eu juro, é verdade, Gabi, meu amor, a voz trêmula, sereno, eu estava ali.

O que está dizendo, Rubén, você?

É a verdade, Gabi.

Mas o que está dizendo, meu deus, o que está dizendo, Rubén, você? Não, não é possível. Você? Você com a Blanca?

Sim, Gabi, eu mesmo a carreguei nos braços pela escada. Você abre as mãos, você não me conhece, não sabe nada sobre mim, Gabi, nem tem ideia do que sou, do que fiz.

Você? Rubén, não, não pode ser, você não pode ter feito uma coisa dessas com a Blanca.

Sim, Gabi, eu estava lá, estávamos muito chapados, sempre estávamos, Gabi nega com a cabeça, os olhos arregalados. Você?

Sim, eu, fomos até a casa do Nacho já quase de dia, a gente nadou na piscina, não negue com a cabeça, Gabi, não seja tonta, é verdade, os quatro estávamos chapados de coca, impossível dormir nessas condições, então fomos até a piscina do Nacho, nadamos, a Blanca colocou um maiô preto, não muito longe de onde estávamos, eu a vi ficar nua, de costas, eu a desejava, a gente nadou pelado, eu estava excitado, o Chino e eu ficamos excitados e com certeza o Nacho também, não me interrompa, já era de dia, muito cedo, tinha acabado de amanhecer, estávamos felizes, Gabi, isso eu lembro como se fosse ontem, brincávamos de nos perseguir pela beirada, de nos afogar, o Nacho gritou feito um louco e pulou de cabeça, na época eu estava apaixonado pela Blanca, apaixonado?, não sei, gostava dela, sei lá, amava, ela me paquerava, o Chino também, agora sei que ela gostava de mim, mas o que importa isso a esta altura, meu deus, pouco importa agora, nos perseguíamos pela beirada e gritávamos um ao outro e depois nos secamos com umas toalhas, estava amanhecendo, era muito cedo e a sensação de se secar sob o sol ainda morno, de fechar os olhos, foi ela que me pediu algo para poder dormir, não, por favor, não diga nada, se não quer acreditar não acredite, mas foi ela, Gabi, meu amor, foi ela que me disse que não conseguia dormir, que me pediu alguma coisa para dormir, não consegui parar de pensar, desde que coloquei a pílula na palma da mão dela, impossível parar de pensar em, pegamos umas cervejas, Nacho e Chino ficaram vendo videoclipes enquanto eu levava a Blanca nos braços até o quarto, o que foi, Gabi, parece tão estranho?, não aconteceu nada, eu a coloquei na cama, então tirei o maiô molhado, ela estava com a pele fria, tensa. Sim, eu a olhei, a beijei, sua pele cheirava a cloro, ela me sentia, sentia meu corpo e balançava a cabeça sonhando, beijei seu ventre, as coxas, não, não quero parar, Gabi, não aconteceu nada, acredite em mim, quero que saiba, eu a cheirei, eu a prendi com meu corpo, sim, cravei os dedos entre os cabelos dela, mas de repente eu não queria me mover dali, não queria fazer nada mais do que senti-la perto de mim, a superfície do meu corpo contra a superfície do dela, sua pele gelada e a minha quente, ficar ali, não fiz nada, pouco a pouco perdi a ereção, acredite, só fiquei deitado sobre ela um tempo, ela dormia e respirava e eu mantinha os olhos fechados, sentindo-a, havia paz em seu rosto quando me levantei e desci a escada, não aconteceu nada, o Chino já tinha ido e o Nacho estava vendo televisão, eu me sentei ao lado dele, estava num programa de pregadores, ele não me perguntou o que tinha acontecido no quarto, não me perguntou nada e depois, mais tarde, no fundo eu o senti estranho, que não me perguntasse, era como com as outras garotas, íamos, vínhamos, não falávamos disso, pouco depois fui para casa, deve ter sido o Nacho quem fez aquilo, não há outra explicação, eu só disse a coisa dos gêmeos para salvar o rabo dele.

Gabi permanece muda, imóvel sob a claridade âmbar do abajur do criado-mudo, parece uma estátua de cera. De repente agita a cabeça, como se despertasse, como se lhe custasse muito esforço sair da roda de seus pensamentos, nega, nega várias vezes, não, não, olha para você e então nega, não, Rubén, não estou entendendo nada, Rubén, nada, é sério, nada, como você, e por que agora, depois de tanto tempo, Rubén, por que está confessando tudo agora, por que contou a Blanca, qual a necessidade de manchar a memória do irmão dela bem agora que está morto, você tinha razão, não te conheço, agora me parece óbvio, nunca soube nada de você, é um estranho e me dá medo, não, por favor, Rubén, não se aproxime, não tenho certeza se quero que, por favor, não me toque.

Você recua, ela ficou tensa feito uma corda quando você se levantou, ela ficou arrepiada, devagar você se deixa cair mais uma vez sobre a banqueta de couro, eu também não sei, Gabi, por que contei isso a Blanca, eu nem sequer queria ficar, apenas cumprimentá-la, um impulso estúpido, mas começamos a falar e a falar do passado e ela perguntava e eu estava muito cansado e Blanca tratava de negar, mas não tinha como voltar atrás, parecia impossível acreditar que seu próprio irmão.

Gabi calada, sentada na cama com os joelhos unidos, constrangida, imóvel, um olhar estranho, a testa brilhante como se estivesse suando frio, abatida e ao mesmo tempo exaltada, há uma coisa que não paro de, se cala e olha para você, há algo que não consigo entender, Rubén, se você o deixou vendo tevê, o Nacho, quero dizer, se ele ficou vendo tevê, como é que não se lembrava de nada na manhã seguinte, como é que depois teve amnésia, disse que tinha sido drogado também.

Você sorri por um instante, desconcertado, dá de ombros, talvez ele mesmo tenha tomado um Rohypnol para dormir, vai saber.

Mas então ele teria dormido, não teria conseguido subir até o quarto de Blanca.

Você fica olhando para ela, vê a sala dos pais de Nacho, um lugar amplo com vários espaços diferenciados, na penumbra, a luz da manhã ainda é fraca, a longa mesa de jantar, duas poltronas em ângulo reto, a televisão ligada e um pouco além a escada, Nacho dormindo no sofá e na televisão um homenzinho sul-americano de óculos, vestido com terno e gravata, que ergue uma bíblia e diz: pare de sofrer, Jesus Cristo pode.

Etc.

Não sei, Gabi, talvez o Nacho tenha mentido para mim, talvez seja verdade que não se lembra, talvez não quisesse se lembrar ou tenha apagado da memória, eu não sei.

Seu lábio treme ligeiramente, de repente sente frio, está gelado por dentro, rígido na banqueta, evita o olhar dela, intrigado, azul, deslumbrante, acusador, vira a cabeça para a direita, Nacho continua adormecido no sofá, a cabeça caída para trás, na frente da televisão, uns passos na escada, primeiro você vê as botas pretas de Chino, depois os jeans azuis.

Talvez tenha apagado de sua mente, não sei, Gabi, quem pode saber o que se passava pela cabeça do Nacho.

Chino acaba de descer a escada e se senta ao seu lado, abre uma lata de cerveja. Olha para Nacho dormindo ainda de óculos, os tira e os deixa sobre a mesa de centro, você muda de canal, não está de camiseta, apenas com uma toalha na cintura, coloca em um canal de videoclipes, não toquei nela, Chino diz, vou para casa, Polo, o que você vai fazer.

Porque você, Rubén, você nunca foi com o Nacho e os gêmeos, não é verdade? Você nunca drogou uma garota e abusou dela, né?, só aquela vez com a Blanca e não aconteceu nada.

Não é verdade, Rubén?

Você nega com a cabeça, não, claro que não, Gabi, Chino olha a televisão, você voltou a mudar de canal, eu vou para casa, Polo, o que você vai fazer.

Vou ficar um pouco. Adoro essa coisa dos pregadores.

Chino o observa em silêncio, o olha de perfil por um tempo, depois volta a olhar para a televisão.

Tem certeza, Polo? Acho que é melhor irmos nós dois.

E isso que disse antes, Rubén?, quando chegou, alguma coisa sobre um hospital.

Hospital? Eu não disse nada sobre hospital.

Agora? O que está dizendo, Nacho, está louco? Aqui no Sol?

Nacho tira um vidrinho do bolso perto do balcão e agita, o que foi Polo, você não usa mais?, quer que eu acredite que não tem algumas pílulas aí com você? Quer que eu acredite que parou com tudo, que se livrou? Você? Não me faça rir, Polo, eu te conheço e sei que você também não conseguiu parar de fazer aquilo, ver uma garota de que gosta em um bar e imaginá-la caída na cama, adormecida, toda para você. Vamos, Polo, ver uma garota e no mesmo instante a garganta seca e a pulsação sobe a mil por hora. Pode ser que tenha parado de fazer, mas, por mais que jure que não, não, não, não, por mais que jure, nunca vai deixar de desejar, não consegue, por isso você foi ao psicólogo, é um viciado.

Vou ficar um pouco, Chino.

Está bem, Polo, desligue tudo antes de sair, feche a porta, para que não pareça que, e por favor não esqueça que.

Pare de sofrer.

Não esqueça que é a Blanca.

Para que tudo isso, Chino, não esqueça o quê? Para que não pareça o quê?

É que, tanto faz, Polo, cara, apague as luzes quando for embora, recolha tudo, se o Nacho se dá conta de.

De quê? Diga, Chino, está com medo das palavras ou o quê?

Como o Nacho podia ter amnésia na manhã seguinte? Isso não se encaixa.

E eu sei lá, Gabi, o Nacho estava totalmente maluco na época.

É que é difícil acreditar que abusaria da própria irmã.

Vamos, Chino, para que todas essas besteiras de repente.

Estou falando isso tudo, Polo, porque a Blanca é nossa amiga.

Tá bom, Chino, entendi, a Blanca é nossa amiga, não vai ficar sabendo de nada, não vai acontecer nada. Se você não quer fazer nada com ela, acho do caralho, pode ir embora quando quiser.

Sim, sim, tenho certeza, você disse antes, Rubén, quando chegou, Gabi se levanta da cama, tenta se lembrar, bate o punho no ar pensativa, de repente, como se arrastada por uma energia febril, sim, certeza, você disse que o Chino era o único que queria me levar ao hospital, a mim, o que isso significa, Rubén.

Eu não disse nada disso, é outra história, você entendeu mal, uma garota que baixou a pressão em uma festa, não comece a ficar paranoica.

Você não disse uma garota, Rubén, você disse me levar ao hospital, você está mentindo, porra, Rubén, sei que está mentindo, percebo isso, o que foi aquela merda toda de hospital, o que você está escondendo de mim.

Você se levanta, está louca, Gabi, paranoica, não entende, não é mesmo? Preciso que você acredite em mim, estou a ponto de cair e você vem com não sei que história de hospital, você está misturando tudo e está fodendo tudo, agora preciso que me diga que está tudo bem, que não está acontecendo nada, meu amor, diga que continua me amando, me diga agora ou tudo acabará na merda, sua voz treme, os punhos fechados golpeando o ar, fazendo-o vibrar, você sente o desespero explodindo em seu interior, como em ondas, é pânico, não seja estúpida, Gabi, ainda não entendeu? Preciso que você acredite em mim, eu disse que não fiz nada com a Blanca, é verdade, nada disso foi certo, sei que não é normal, mas o que estou tentando dizer é que na verdade não aconteceu nada, você precisa acreditar em mim, Gabi, meu amor, precisa acreditar no que te contei ou senão, não, não continue perguntando, eu suplico, por que não confia na minha palavra, tudo vai à merda se continuar revolvendo, se continuar perguntando vai tudo para o inferno e nós também, meu amor, nós vamos queimar, eu lhe suplico, confie em mim, meu amor, você precisa confiar em mim, chega de perguntas, senão, acredite, se não desistir, não vai conseguir mais parar, não entende? Precisa confiar em mim, precisa me amar independentemente do que fiz no passado, sem perguntar, precisa me ajudar, sozinho não vou conseguir, você precisa acreditar em mim, meu amor, de verdade, você mora comigo, me conhece, pode confiar em mim, precisa confiar, não quero ir para a cadeia, meu amor, precisa me amar e ponto, é a única solução.

De repente você leu no olhar aterrorizado dela, está muito perto dela, as mãos tensas no ar, você volta, se deixa cair de costas na poltrona, nos olhos dela você viu o medo, a desconfiança, você fecha os olhos, Gabi permanece em silêncio, aturdida, ela sabe, você consegue ver em seu olhar, o silêncio se alonga, você está tão cansado, está bem, Gabi, amanhã vamos falar disso, agora não, deixa isso pra lá, por favor, Gabi.

Vocês me drogaram, Rubén? Aquele dia depois do show, me drogaram?

Os olhos fechados, você não nega, não tem mais forças.

Drogaram? Responda, por favor. Você me estuprou? Estuprou, não é mesmo? Você e quem mais, todos os seus amigos, os gêmeos.

Você tenta falar, mas não consegue, olha para ela, Gabi está com o rosto contraído, você desvia o olhar para o chão, Gabi se levanta e aponta o dedo para você, pergunta várias vezes, xinga, diz meu deus, diz meu deus, não é possível, nega com a cabeça, diz como você pôde fazer isso, bate na sua cara, sacode seu corpo, o olhar dela o atravessa, está fora de si. Como, ela grita muito perto da sua cara. Como alguém como você pode ter feito uma coisa dessas, caminha pelo quarto tampando a própria boca.

Eu sinto muito, você diz.

Ela ficou imóvel, como se estivesse desorientada, no meio do quarto, se aproxima de você, quem mais, quem mais estava lá, quem mais fez isso, você começa a falar com a voz monótona, o olhar varrendo o chão, começa do princípio, devagar, com muito esforço, e Gabi pouco a pouco vai se sentando no chão, furiosa e assustada, como se ainda conservasse a esperança de estar equivocada, e então, pouco a pouco, tomando consciência, cada vez mais quieta, cobrindo a cara com as mãos, de que tudo aquilo é verdade.

Você foi a primeira, Gabi, depois foram muitas mais, incluindo a Blanca, de alguma forma eu escolhi você, primeiro foi o gêmeo, depois o Chino e por último eu, e, enquanto eu fazia, você abriu os olhos e eu me assustei, você começou a vomitar e a se afogar e tivemos de levá-la ao hospital, houve mais garotas, gente que conhecíamos e gente que não, com a Blanca eu fiquei maluco aquela noite, sempre tentávamos não machucar as garotas, em parte por nossa própria segurança, mas aquele dia eu fiquei louco, o Chino tinha tirado a roupa dela quando a carregou nos braços, foi ele que tirou o maiô molhado, se diz que não fez nada, eu acredito, não me importa, nós dois gostávamos dela, mas eu fiquei louco, sei lá por quê, pensei muitas vezes nisso, eu a amava, nunca tinha amado ninguém como a amava na época, sei lá, só sei que estava furioso, como louco, que a machuquei, como um animal que mata outro, vi o sangue mas mesmo assim continuei, só sei que continuei, houve muitas mais, primeiro com os gêmeos e com o Nacho, às vezes eu sozinho, depois fui para os Estados Unidos e nunca mais fiz isso, desde que estou com você nunca, é verdade, pode acreditar em mim ou não, mas nunca desde que estamos juntos, muitas vezes desejei fazer, mas juro que nunca desde que estamos juntos.

Gabi continua sentada no chão com o rosto escondido, você pensa que é como o fim de uma coreografia, dobrada sobre si mesma, com o rosto escondido nas mãos, incapaz de olhar para você.

Sua boca está seca, você continua. Eu te procurei, Gabi, achava que você era a garota mais linda que eu já tinha visto na vida e continuo achando, quis acreditar que se pudesse te fazer feliz tudo mudaria, que uma coisa compensaria a outra, agora acho que foi uma ideia estúpida.

Gabi ergue o rosto, tem os olhos chorosos, mas quando escuta suas palavras sorri de forma estranha, desengonçada. Diz com a voz muito baixa para você ir embora, suas palavras são quase inaudíveis.

Gabi, eu.

Fora, sai daqui.

Gabi, pensei que seria como renascer, se começasse com você, se tudo saísse bem entre nós, que as novas lembranças cobririam as velhas.

Ela se levanta de um salto e o empurra. Fora. Grita. Vai embora. Fora daqui.

Tudo bem, eu vou, mas por favor não chame a polícia, Gabi. O Nacho me contou o que fizeram com ele na prisão.

Gabi o agarra pelos ombros, grita com você. Fora. Fora agora mesmo, dá um soco no seu peito, um soco forte com o punho fechado, você caminha para trás, tropeça, está prestes a cair.

Gabi, farei o que você disser.

Fora. Ela grita com ódio, arranhando a garganta. Não quero ver você nunca mais.

O rosto dela está vermelho, e os músculos do pescoço, tensos.

Eu imploro, meu amor, não chame.

Ela olha para você com desprezo, o que estivemos fazendo todo este tempo juntos, Rubén, você não responde, Gabi abaixa o olhar, se afasta de você, se dirige ao banheiro. Você a vê caminhar devagar, de costas, cabisbaixa, absorta, sabe que sua vida está nas mãos dela, pensa que com dois passos poderia detê-la, evitar que feche a porta, por um instante se pergunta se seria capaz de, se acurralado, desesperado como está, seria capaz de, só por um instante, não se move, Gabi se vira ao entrar no banheiro, olha para você antes de fechar a porta, para um instante segurando a maçaneta, seu olhar está vazio, depois muito lentamente fecha a porta e o trinco.

Você se imagina correndo até a porta, golpeando-a, se imagina gritando, uivando, chorando, arranhando a porta, se imagina suplicando, jurando, prometendo, se imagina falando, falando, falando, abrindo a alma, vomitando tudo, se imagina percebendo de repente uma ligeiríssima mudança na atitude dela do outro lado da porta, se imagina sendo persuasivo, brilhante, sim, imagina que de repente diz algo inteligente, algo tão inteligente que muda a situação por completo, consegue revertê-la, algo que o salva, que salva os dois, imagina Gabi abrindo a porta e o abraçando, talvez não o abrace, mas pelo menos olha na sua cara, imagina que primeiro abre uma fresta, imagina um daqueles olhos azuis avermelhados do outro lado, imagina que o obriga a prometer isso e aquilo e aquilo outro, que vai se curar, que não vai voltar, que nunca jamais, e você, eu juro, Gabi, confie em mim, Gabi, meu amor, e se imagina acordando a seu lado no dia seguinte, ainda é muito cedo, e ela entre sonhos o abraça, imagina, vê a cena completa como se estivesse sendo projetada na superfície branca da porta do banheiro, primeiro imagina e depois se aproxima da porta e começa a tentar.

Impresso no Brasil pelo Sistema Cameron da Divisão Gráfica da
DISTRIBUIDORA RECORD DE SERVIÇOS DE IMPRENSA S.A.